후아유

조진행 판타지 장편소설
FANTASY STORY & ADVENTURE

2

dream books 드림북스

후아유(Who are you) 2
마스터 카론

초판 1쇄 인쇄 / 2010년 12월 10일
초판 1쇄 발행 / 2010년 12월 20일

지은이 / 조진행

발행인 / 오영배
편집장 / 허경란
편집 / 신동철, 윤상현, 문보람, 오미정
본문 디자인 / 신경선
펴낸 곳 / (주)삼양출판사 · 드림북스

주소 / 서울특별시 강북구 송천동 322-10호
대표 전화 / 02-980-2112 팩스 / 02-983-0660
편집부 전화 / 02-980-2116 팩스 / 02-983-8201
블로그 / blog.naver.com/dreambookss

등록번호 / 제9-00046호
등록일자 / 1999년 3월 11일

값 9,000원

ISBN 978-89-542-4105-2 04810
ISBN 978-89-542-4103-8 (세트)

* 지은이와 협의하에 인지는 생략합니다.
* 잘못된 책은 구입한 곳에서 바꾸어 드립니다.

Who are you
후아유
조진행 판타지 장편
2
FANTASY STORY
마스터 카론
dream books
드림북스

Who are U

후아유

2 마스터 카론

Contents

제1화

미녀와 스토커

따스한 햇살이 비치는 한낮, 통큰도너츠 안에는 올드팝 Englishman in New York이 잔잔하게 흐르고 있었다. 부드러우면서도 경쾌한 리듬과 가사가 어쩐지 나른한 오후를 가볍게 흔들어댔다. 음악 때문일까? 커피향도 더 진한 것 같다.

커피와 도너츠를 앞에 두고 강유진과 임지연은 어색한 표정으로 서로를 바라보았다. 두 사람 모두 이런 식의 만남은 처음인지라 난감했던 것이다.

"스팅(Sting)의 노래는 오랜만이네요."

한참 만에 임지연이 먼저 운을 뗐다. 어색함을 희석시키기 위한 작은 몸부림이다.

"아, 이게 스팅의 노래였군요. 귀에는 익은 건데 누가 불렀는지는 모르고 살았습니다. 그런데 스팅은 사람 이름인가요, 그룹 이름인가요? 제가 그런 쪽으로는 좀 문외한이라서."

"훗, 고든 섬너(Godon Matthew Sumner)가 스팅의 본명이에요. 1975년 재즈그룹 '피닉스 재즈 밴드'에서 활동을 할 때 '스팅'이라는 애칭을 얻었다고 하더라고요."

"아하! 애칭이었군요."

"네, 카론 님처럼요."

임지연이 의미심장한 눈으로 강유진을 바라보았다. 굳이 카론이라는 이름을 끌어들인 것은 상대의 이름을 알고 싶어서다.

하지만 강유진은 그런 쪽으로는 조금 둔했다.

"제 이름은 애칭이라기보다는 차명(借名)입니다."

"차명이요?"

임지연이 눈을 휘둥그렇게 떴다. 카론을 인터넷에서의 대화명이나 아이디라고 할 줄 알았다. 그런데 차명이라고 하니 의외다. 차명이라고 하는 것은 누군가 다른 사람의 이름이라는 뜻이다. 카론이 실존하는 사람이라고 생각하니 상대가 신비롭게 보였다.

"네, 제가 잘 아는 사람의 이름이 카론입니다. '아케론닷컴'은 그를 기념하기 위해 만든 웹사이트라고 할 수 있지요."

이야기가 자연스럽게 '아케론닷컴'으로 넘어갔다.

"그런데 정말 도와주실 수 있으세요?"

"네, 그러기 위해서 서울에서 대전까지 왔으니까요."

강유진이 당연하다는 듯 고개를 끄덕였다.

잠시 머뭇거리던 임지연이 자신 없는 표정으로 중얼거렸다.

"솔직히 제가 먼저 부탁한 일이지만 이게 잘하는 짓인 줄은 모르겠어요."

"일단 무슨 이야기인지 들어봐야 저를 부른 게 잘한 일인지 아닌지를 알 수 있겠군요."

"멀리서 여기까지 오셨으니까 제가 말은 해야겠죠?"

임지연이 강유진을 바라보았다. 뭔가 아쉬움이 가득한 눈빛이다. 생면부지(生面不知)의 남자에게 일상의 곤란함을 털어놓는다는 것이 쉬운 일은 아니었다.

"내키지 않으면 하지 않으셔도 됩니다. 저야 뭐 바람 한번 쐰 셈 치면 되니까요."

강유진은 강요하지 않겠다고 선을 그었다. 만약 카론이 살아 있다고 해도 자신과 같은 말을 했을 것이다. 상대가 간절히 원하지 않는 일을 나서서 해줄 정도로 넉넉한 시간이 있는 것도 아니었다. 당장 월요일에 정상출근을 해야 하기 때문이다.

임지연은 상대가 좀 답답하게 생각되었다.

'저렇게 소극적인 마음으로 심부름센터 같은 일을 하다니?'

사람은 건실해 보이지만 저러다가는 곧 망할 거라는 생각이 든다. 상대가 조금 더 프로다운 언행을 보여줬으면 좋겠다고 생각하자 은근히 화가 났다.

"실례지만 직업이?"

임지연의 이 질문 속에는 좀 더 적극적으로 자신을 홍보하라는 의미가 담겨 있었다.

하지만 돌아오는 대답은 기대와 달랐다.

"현재는 경비원으로 일하고 있습니다."

"네? 심부름센터가 아니고요?"

"웬 심부름센터요?"

강유진이 의아한 눈으로 임지연을 바라보았다. 갑자기 심부름센터라는 말이 나오자 이해하기 어려웠던 것이다.

"아, 저는 '아케론닷컴' 이 심부름센터 같은 곳인 줄 알았어요. 어려운 일을 해결해 준다고 해서……."

"전혀 아닙니다. 그 홈페이지는 남을 돕기 위해서 개인적으로 만든 것입니다."

"어머, 그럼 취미 같은 건가요?"

"취미보다는 좀 더 강한, 사명 같은 거라고 생각해 주시면 좋겠습니다."

"그럼, '킥 애스' 나 '배트맨', '스파이더맨' 같은 히어로요?"

"뭐, 비슷합니다."

"헉!"

임지연이 손으로 입을 막았다. 이삼십 대 남자가 '킥 애스' 의 철없는 주인공 같은 소리를 하고 있었다. '킥 애스' 의 주인공은 고등학생이니까 이해할 수 있다. 하지만 눈앞의 남자는 몇 번을 다시 봐도 이삼십 대다. 가면놀이를 할 나이는 오래전에 지났다고 할 수 있다.

"왜 놀라세요?"

강유진은 상대가 너무 놀란 게 이해가 되지 않았다.

임지연이 한숨을 내쉬며 말했다.

"하아! 사실, 저는 거기가, 심부름센터인 줄 알았어요. 다른 심부름센터보다 덜 노골적인 게 마음에 들어서 글을 남긴 거거든요."

"저런! 제 홈페이지가 그렇게 상업적으로 보였다니…… 가슴이 조금 아프군요."

"아, 아니에요. 생각해 보니까 그건 그냥 보는 사람의 선입견에 따라 그랬던 것 같아요. 홈페이지 자체는 전혀 그런 분위기가 아니었어요."

"불행중 다행입니다."

강유진이 웃으며 임지연을 바라보았다.

하지만 끝내 임지연에게 '무슨 일이냐' 고 묻지 않았다. 자신은 주변에 있는 모든 인간의 어려움을 해결해 줄 수가 없다. 만약 자신이 문제를 찾아 다녀야 한다면 하루 24시간을 투자해도 부족할 것이었다. 그런 것이야말로 신(神)의 영역이다. 그래서 다가가는 게 아니라 찾아오는 인연에만 응답하기로 마음을 정했다. '아케론닷컴’을 만든 것도 그런 이유에서다.

‘음, 어떻게 해야 하나…….’

임지연은 비록 상대가 히어로 물에 심취한 과대망상증의 남자 같았지만, 과묵한 점이 마음에 들었다. 자신이 경찰이나 흥신소를 찾아가지 않은 것도 소란스러움을 피하기 위해서였다. 그런 점에서 보면 카론이라는 남자는 고민 상담의 적임자인지도 모른다.

“그런데 제가 어떻게 카론 님을 믿을 수 있죠? 카론 님에 대해 아무것도 모르는데…….”

어느 정도 상대를 긍정적으로 평가한 상태지만 임지연은 쉽게 입을 열지 않았다. 돌다리도 두들겨 가라는 말이 있는데, 하물며 상대는 초면의 남자다. 아무리 대범한 척해도 쉽게 사연을 털어놓을 수가 없었던 것이다.

…….

두 사람 사이에 묘한 침묵이 흘렀다.

임지연을 가만히 바라보던 강유진의 입에서 한숨이 흘러나왔다.

듣기에 따라 조금 서글프지만 맞는 말이다. 입장을 바꾸어 생각하면 자신이라고 해도 상대를 믿지 못할 것이었다.

“음, 일리 있는 말씀이시네요. 하지만 그 부분에 대해서는 저도 어떻게 해드릴 수가 없습니다. 제 입으로 저를 좋은 사람이라고 설명할 수는 있지만, 사실 그게 진실인지 알 수 없으니까요. 제가 못 미더우면 심부름센터를 찾아가시는 게…….”

“아, 꼭 그런 건 아니고요…….”

임지연이 말끝을 흐렸다.

아닌 게 아니라 ‘자기 입으로 자기가 얼마나 괜찮은 사람인지를 말하는 것’은 이상했다. 사실 ‘상대에 대해 조금 더 알고 싶다’는 생각에서 한 말인데, 분위기만 버린 느낌이다.

문득 강유진이 중얼거렸다.

“도움을 주고받는다는 것도 맘처럼 쉽지는 않은 것 같습니다.”

“…….”

어쩐지 자조적인 카론의 말에 임지연은 조금 당황했다. 그에게 도와달라고 먼저 손을 내민 사람은 자신이었다.

“어머, 카론 님을 믿지 못해서 그런 건 아니었어요.”

아니라고 말하면서도 임지연은 내심 꺼림칙했다. 한국 남자를 ‘카론’이라고 부르고 있는 자신의 모습 때문이다. 게다가 그렇게나 눈치를 줬는데 남자는 본명을 밝히지도 않는다. 끝까지 ‘카론’이라는 이름으로 밀고 나가는 상대에게 ‘실명(實名)이 뭐냐?’고 묻는 건 실례일까?

열심히 눈동자를 굴리고 있는 임지연에게 강유진이 말했다.

“아닙니다. 초면에 무작정 믿고 말하라는 게 좀 무리였습니다. 어떻게 할까요? 나중에 마음이 정해지면 이메일이라도 보내시겠어요?”

강유진은 거의 자리에서 일어날 기세였다.

"아니에요, 지금 말씀드릴게요. 사실은 저 혼자만의 착각일 수도 있는 일이라서…… 다른 사람들에게 말하지 못했던 거거든요."

임지연이 서둘러 본론으로 들어갔다. 카론이라는 남자에 대한 믿음이 갑자기 생겼다기보다는 일단 상대를 붙잡아 두기 위한 거의 반사적인 행동이었다.

"한 달쯤 전부터 누가 쳐다보는 것 같더라고요. 캠퍼스에서도 그렇고, 가끔 시내로 나오는 날도 그렇고…… 영화에서 나오는 스토킹 당하는 그런 느낌이 들어요."

"따라다니는 남자는 있었나요?"

"그런 건 전혀 없었어요. 그런데 메모 같은 건 안 하세요?"

임지연이 아무래도 미덥지 않다는 표정으로 카론을 바라보았다. 드라마나 영화에서 전직 형사나 탐정들은 수첩에 뭔가를 열심히 적곤 했다. 그런데 카론은 옆집 아저씨처럼 호기심 어린 표정으로 열심히 들을 뿐이다. 이래서는 너무 아마추어의 티가 나서 말하면서도 불안해진다.

"메모 같은 건 원래 잘 안 하는 스타일이라서요."

"머리가 좋으신가 봐요?"

물론 상대의 머리가 좋아 보여서 하는 말이 아니다. '왜 메모하는 습관을 배양하지 않았느냐?' 는 힐난이었다.

하지만 강유진은 남의 일인 양 웃으며 말했다.

"하하, 그건 아니고요. 지금까지 딱히 메모를 할 필요도 없었고, 주변에 메모하는 사람도 없었거든요."

"아, 네, 그랬군요. 그런데 앞으로 계속 이런 일을 하시려면…… 메모를 하는 게 낫지 않나요?"

"음, 긍정적인 방향으로 생각해 보겠습니다."

…….

두 사람 사이의 대화가 잠시 끊겼다.

임지연은 스토커 부분에 이르러 딱히 할 말이 없었고, 강유진은 그 이외의 가능성을 생각하느라 대화를 이어가지 못한 것이다.

한참 만에 강유진이 다시 물었다.

"그런데 연구원이시라고요?"

"네."

"연구와 관계되어서 누군가의 표적이 될 만한 일은 없습니까? 뉴스나 신문을 보면 그런 쪽으로도 제법 사건 사고가 많은 것 같던데요."

"첨단기술 유출과 관계된 그런 것들요?"

"예, 스토킹이 아니라면 산업 스파이일 거라고 생각합니다만."

"설마요."

"왜요?"

"그런 건 좀 더 스케일이 크잖아요. 저는 평범한 연구원인데……."

"흠!"

고개를 갸웃거리던 강유진이 임지연에게 물었다.

"임지연 님은 자신의 외모가 어떻다고 생각하십니까?"

"어떻다니요?"

"보통 사람들이 말하는 미모라는 개념으로 볼 때 상, 중, 하 어디에 속한다고 생각하세요?"

"제가요?"

"네."

강유진이 자신 있는 표정으로 고개를 끄덕였다.

좀 엉뚱한 질문 같지만 그렇게 묻는 이유는 따로 있었다. 보통 사람들은 자신과 관계된 것을 평가절하(平價切下)하는 경향이 있다. 임지연은 스스로를 '평범한 연구원' 이라고 했지만 사실은 그 반대일 수도 있었다. 외모를 묻는 질문에 임지연은 보통의 여자들처럼 '중' 이라 대답할 것이다. 그럼 '당신은 상당한 미인이십니다' 라고 칭찬을 해준 뒤에 '당신의 연구도 대단한 것일 수 있습니다' 는 말을 할 생각이었다.

"저야 당연히 최상급이죠."

"……."

이건 아니다. 다시 생각을 정리할 시간이 필요했다.

강유진은 자연스럽게 커피를 한 모금 마셨다. 일단 상대가 평범하지 않으니 괜히 빙빙 돌아가지 않아도 될 것 같다.

"사람들은 익숙한 것을 평범하게 생각하는 경향이 있지요. 임지연 님의 연구도 그런 것일지 모른다는 게 저의 생각입니다."

"음, 그런 걸까요?"

임지연은 잠시 자신이 참여하고 있는 나노융합 플라즈마 전지의 개발에 대해 생각했다.

나노융합 플라즈마 전지는 기존의 나노융합 전지보다 출력이 1,000%나 향상된다는 미래 에너지다. 미국을 비롯한 선진국들이 나노융합의 리튬 전지 상용화에 매달릴 동안, 나노융합연구소에서는 비밀리에 나노융합 플라즈마 전지의 개발을 마친 상태였다. 그런 이유로 연구실의 출입은 철저히 통제되었고, 연구 내용도 외부에 알리지 못하게 되어 있었다. 하지만 플라즈마 에너지의 안정성 문제로 상용화 단계까지는 앞으로 몇 년이 더 걸릴지 모르는지라 심각하게 생각하지 않았다. 그런데 지금 카론의 지적을 받고 보니 왠지 신경이 쓰였다.

임지연의 침묵이 길어지자 강유진이 물었다.

"연구에서 임지연 님이 차지하는 비중은 어느 정도나 됩니까?"

"음, 못해도 50% 이상은 될 거예요. 애초에 제 논문을 바탕으로 시작한 개발이었으니까요. 그래서 신분은 연구원이지만, 때에 따라서는 실장으로 불리기도 한답니다. 어머, 이런 거 다 비밀인데."

임지연이 놀란 표정으로 입을 가렸다.

임지연의 과장된 행동에 강유진은 피식 웃어 보였다. 아무래도 손으로 입을 가리는 게 버릇 같다는 생각이 들었다.

"그런데 믿지 못하겠다는 얼굴이시네요?"

"아닙니다. 저는 사람들의 말을 거의 다 믿고 받아들이는 편입니다."

"응? 왠지 귀가 얇다는 말로 들리는데요?"

"하하, 열린 마음으로 살고 있다고 생각해 주시면 감사하겠습니다. 하여튼 남자관계가 깨끗하고, 임지연 씨가 참여한 연구가 중요하다면…… 산업 스파이와 관계된 일일 수도 있습니다."

"모든 게 저의 착각일 수도 있다는 생각은 안 해보셨어요?"

아무래도 임지연은 착각이기를 바라는 표정이었다.

강유진이 고개를 끄덕였다.

"음, 그럴 수도 있겠군요. 혼자만의 오해나 착각일지도 모른다는 생각으로 제게 의뢰하신 거라고 생각하는데, 맞나요?"

"꼭 그런 것만은 아니지만, 그런 마음이 큰 건 사실이에요."

강유진이 애매한 표정으로 임지연을 바라보았다. 상대가 저렇게 말을 하면 모든 것은 원점으로 돌아온다.

"그렇다면 착각인지 아닌지를 알아내는 것이 우선이겠군요."

강유진의 말에 임지연이 눈을 동그랗게 뜨고 물었다.

"어떻게요?"

"제가 임지연 님의 생활을 좀 관찰해 보겠습니다. 만약 주변에 별 이상이 없다면 착각으로 알고 돌아가겠습니다. 하지만 스토커가 있다고 생각되면……."

"경찰은 안 돼요."

임지연이 선수를 쳤다.

"경찰을 피하는 특별한 이유라도?"

강유진이 의아한 눈으로 임지연을 바라보았다. 국립과학기술대학의 연구원이 경찰을 기피한다는 게 이상했다. 임지연 정도의 위치라면 어디에 가더라도 눈치 볼 일은 없다는 생각에서다.

"꼭 피한다기보다는 그냥 번거로운 게 싫어서예요."

"다소 번거롭더라도 안전한 게 좋지 않을까요?"

"휴우, 그건 카론 님이 제 입장을 몰라서 그래요."

임지연이 머리를 설레설레 저었다.

"그래도 스토커의 존재가 확인되면 어쩔 수 없지 않나요?"

"어떤 스토커인가를 확인하는 게 우선이라고 생각해요. 단순히 저를 흠모하는 백성이면 카론 님 선에서 처리해 주시고, 연구와 관계된 스토커면 경찰에 맡기는 것으로요."

"그렇게 하겠습니다."

강유진이 흔쾌히 고개를 끄덕였다. 치정에 얽힌 문제라면 소문이 나지 않게 처리하는 것도 좋을 것이었다. 경찰을 극구 반대하는 임지연을 보고 있자니 문득 남자 문제인지도 모른다는 생각이 든다. 과거가 있는 여자가 자기 입으로 과거가 있다고 말하고 다니지는 않을 것이기 때문이다.

"그런데요, 이런 말씀 드리기가 좀 그렇지만…… 스토커를 쫓아낼 자신은 있으세요?"

임지연이 못 미더운 표정으로 강유진을 바라보았다. 아무리 봐도 카론이 힘쓰는 일을 할 타입으로는 보이지 않았기 때문이다.

"하하, 그건 제가 다 알아서 할 테니 염려하지 않으셔도 됩니다."

"혹시 다른 직원들도 계신 건가요?"

"전혀요. 저는 혼자 일합니다."

"와아, 이제 보니 격투기 같은 거 배우셨나 봐요? 표시는 잘 안 나는데……."

임지연이 노골적으로 상대의 몸을 훑어보았다. 하지만 그게 전부다. 없는 소리를 할 정도로 두 사람이 친하지 않은 탓이다.

"격투기라면 군대에 있을 때 태권도를 좀 했습니다."

"군대에서요?"

"네, 군대에서 태권도를 가르쳐주거든요. 발차기만 잘하면 1단까지는 거저먹기죠."

"그런 거 말고 따로 제대로 배우신 건?"

"운동요?"

"뭐, 운동이라도요."

"제대로 배운 운동이라면…… 아! 고등학교 때 당구를 일 년 정도 배웠습니다. 고등학교 때 당구장에서 공을 닦던 친구가 하나 있었거든요."

"……."

임지연이 어색하게 웃었다.

"후훗, 농담을 잘하시네요."

"네, 평소에 농담을 즐겨하기는 합니다."

'헉, 진짜다.'

임지연은 카론의 표정에서 지금까지의 말이 농담이 아님을 깨달았다. 이 남자는 정말 격투기와 무관한 보통 남자였다. 운동이라고는 군대 시절의 태권도와 당구가 전부인 평범한 대한민국의 남자 말이다. 체력도 부실해 보이는 이런 남자가 스토커를 당해낼 수 있을까?

"저어, 의뢰를 그만두고 싶은데…… 그래도 되나요?"

"네? 왜요? 역시 경찰서에 가시게요?"

강유진이 임지연의 눈을 지그시 바라보았다.

임지연은 남자의 진지한 표정에 한숨을 내쉬고 말았다. 상대가 저렇게 진지하게 나오면 거짓말을 할 수도 없다.

"이상한 남자를 상대하다가 카론 님이 다칠 수도 있으니까…… 다른 방법을 찾아보려고요."

"음, 아직은 믿음이 안 가겠지만, 제 걱정이라면 하지 마십시오. 그럴 만한 능력도 자신도 없는 사람이 아케론닷컴을 만들었겠습니까?"

"……."

임지연은 강유진의 뜨거운 시선을 피했다. 지금까지와 달리 묘한 박력이 느껴졌다. 그제야 눈앞의 사내가 아케론닷컴의 주인이라는 생각이 뇌리를 스치고 지나간다. 상대는 보이는 것과 달리 평범하지 않은 정신세계를 가진 남자인 것이다.

"그럼, 믿고 부탁드릴게요. 위험한 일은…… 알아서 피해주시고요. 정 안되겠다 싶으면 제가 경찰서를 찾아가면 되니까요. 무슨 뜻인지 아셨죠?"

"알겠습니다. 저도 안전제일이 생활의 신조입니다."

굳어 있던 강유진의 표정이 밝아졌다. 임지연이 의뢰를 취소하지 않았다는 사실에 고무된 것이다.

그런 강유진의 안색을 살피던 임지연이 조심스럽게 물었다.

"그런데, 영화나 드라마를 보면 무전기나 도청기 뭐 그런 거 달아주던데…… 카론 님은 어떻게 하시나요?"

"아! 휴대전화에 제 번호를 입력해 두세요."

"번호만 입력하면 되나요?"

"네, 그리고 도움이 필요하면 단축키로 제게 전화를 걸어주세요."

"그냥…… 단축키로 전화를 하라는 거죠?"

"당황하면 번호가 떠오르지 않을 수도 있고…… 시간이 없을 수도 있으니까요."

"아, 네……."

임지연이 답답한 표정으로 휴대전화를 만지작거렸다. 위기 시에 전화를 하라니 불안했던 것이다. 전문적인 장비 하나 없는 것을 보면 아마추어도 이런 아마추어가 없다. 정말 이런 사람에게 의뢰를 해도 괜찮은 것일까?

"험, 험, 처음 하는 일이라 부족한 게 많습니다. 하지만 걱정하지 않으셔도 됩니다. 지금 가지고 있는 건 열정과 튼튼한 몸뿐이지만, 반드시 좋은 결과를 내도록 하겠습니다."

"훗, 튼튼한 몸이요?"

임지연의 입에서 실소가 흘러나왔다. 눈앞에 있는 남자, 카론은 아무리 긍정적으로 보려고 해도 육체파와는 거리가 멀었다. 자신의 입으로 격투기를 하지 않았다고 하니, 지금 눈에 보이는 것이 전부일 것이다. 객관적으로 볼 때 카론은 평범한 남자다. 보통이라는 수식어 외에는 딱히 어울리는 말이 떠오르지 않는 그런 남자 말이다.

"시간이 별로 없으니 지금부터 일을 시작하도록 하겠습니다."

"그런데 어떻게 하실 생각이세요?"

막상 일을 시작하겠다고 하니 임지연도 긴장이 되는 모양이다. 긴가민가하던 표정은 더 이상 찾아볼 수 없었다.

"일단 제가 보이지 않아야 스토커가 모습을 드러낼 테니, 멀리서 지켜볼 생각입니다. 제 직장이 서울에 있어서 주말이 아니면 시간을 낼 수가 없다는 게 좀 걸리는데…… 가급적 평일에는 다른 사람들과 함께 움직이도록 하세요. 혼자 있지 마시고요."

"그럼 주말에는 좀 허술하게 다니도록 할까요? 함정수사를 하는 것처럼."

"네, 그게 좋을 것 같습니다. 혼자라도 자유롭게 돌아다니세요. 상대가 주말에 마음 놓고 따라붙어야 이쪽에서도 파악하기 쉬우니까요. 대신 평일에는 절대 틈을 보이지 말아야 합니다. 집에 갈 때도 혼자 가지 마세요."

"그렇게 할게요. 연구실에 늦게까지 남지 않으면 돼요."

"지금 휴대전화의 단축키를 지정해 두세요."

"네."

임지연은 말 잘 듣는 초등학생처럼 대답했다.

임지연이 휴대전화를 꺼내 이리저리 눌러댔다. 단축키 등록의 메뉴를 찾고 있는 것이다.

잠시 지켜보고 있던 강유진이 물었다.

"단축키를 처음 설정하시나 봐요?"

"네."

강유진이 그 어려움을 이해한다는 듯 고개를 끄덕였다. 요즘 나오는 기기들은 너무 복잡하다. 휴대전화의 동영상 기능도 딸과의 시간을 녹화하기 위해 머리 터지도록 익혔었다. 덕분에 요즘은 잘 사용하고 있지만 말이다.

"하하, 저도 아직 단축키 같은 거 써본 적이 없어서…… 처음 하시려면 시간이 좀 걸릴 겁니다. 요즘은 기능이 워낙 다양해서."

"다 했는데요."

"……."

저런 게 소위 천재의 비범함이라는 건가?

강유진이 어색한 얼굴로 자리에서 일어났다.

"계산은 더치페이로 하겠습니다. 하지만 일이 잘 끝나면, 그때 영수증으로 청구하겠습니다."

"어머, 멀리서 오셨는데, 그냥 제가 살게요."

"아닙니다. 공(公)은 공이고 사(私)는 사죠."

강유진은 주머니에서 2,900원을 꺼내 탁자 위에 올려놓았다. 정확히 조금 전에 임지연이 사 가지고 온 아이스 아메리카노 한 잔의 값이다. 어쩌다 보니 백 원짜리 동전이 아홉 개나 된다. 그래도 돕는다는 것을 빌미로 얻어먹고 싶지는 않았다.

사무적인 카론의 태도에 임지연이 얼굴을 붉히며 돈을 쓸어 모았다. 공과 사를 떠나서 백 원짜리를 아홉 개나 주워 담아야 하는 게 더 부담스러웠다.

그러는 동안 강유진은 뒤도 돌아보지 않고 먼저 나갔다.

동전을 지갑에 넣은 임지연이 출입구로 향했다.

카운터 너머에 서 있던 아가씨가 야릇한 미소로 임지연을 바라보았다.

"감사합니다. 또 오세요."

"……."

임지연은 점원을 마주 보지도 못하고 도망치듯 통큰도너츠를 나섰다.

가게를 빠져 나오자 얼굴이 화끈거렸다.

인터넷 동호회의 오프라인 모임처럼 상대를 꼬박꼬박 '카론님' 이라고 불렀으니 그것도 우스운데, 설상가상(雪上加霜)으로 나오기 전에 거스름돈까지 받았다. 국립과학기술대학원 최고의 간지녀가 옹색한 모습을 골고루 보인 셈이다. 모두가 실명을 밝히지 않고, 잔돈까지 주고 떠난 카론이라는 남자 때문이다.

'이 사람 어디 갔어!'

삼십 초도 안 되는 시간인데 어느새 카론은 보이지 않았다.

임지연이 황당한 얼굴로 주변을 둘러보았다. 낯선 곳에 버려진 느낌이 왈칵 들었다.

"……."

시계를 보니 아직 1시 30분이다.

임지연이 고개를 갸웃거렸다. 카론과 삼십 분간 상담을 했다는 게 의외였다. 세 시간은 함께 한 느낌인데 고작 삼십 분이었다니?

"우후후! 주말은 자유롭게 돌아다니라고 했지?"

임지연이 CF의 한 장면처럼 손으로 머리카락을 가볍게 쓸어 넘겼다.

근처를 지나던 남자들의 시선이 한순간 모아졌다. 여자들도 부러운 눈으로 임지연을 힐끔거렸다. 연예인보다 더 뛰어난 미모의 여자를 일상생활에서 보기란 쉬운 일이 아닌 것이다.

곧이어 임지연의 걸음이 빨라졌다.

'함정수사. 함정수사.'

임지연은 씩씩하게 걸으며 계속 중얼거렸다. 앞으로 자신이 벌일 일들에 타당한 이유를 붙이고 있는 것이다. 물론 그것이 자신을 무안하게 만든 카론에 대한 복수인지, 존재 유무도 불확실한 스토커를 잡기 위한 것인지는 알 수 없지만 말이다.

임지연은 택시를 잡아타고 엑스포 과학공원으로 갔다. 물론 평상시라면 그다지 갈 일도 없거니와 간다 해도 평일의 한적한 시간을 이용했을 것이다. 하지만 지금의 임지연에게 엑스포 과학공원만큼 적합한 장소도 없었다. 오후 2시 무렵의 과학공원은 주말을 맞아 몰려온 사람들로 시장통 같았다.

임지연은 영상관과 전시관은 물론 가족을 동반한 사람들이 좋아하는 바디월드, 매직플라자, 아쿠아리조트를 두루 돌아다녔다. 평소에는 눈길 한번 주지 않던 곳이지만 오늘은 병아리 떼처럼 몰려다니는 아이들의 부산함까지 모두 마음에 들었다.

4시쯤 되자 임지연은 장소를 옮겼다. 이번의 목표는 국립중앙과학관이다. 자주 찾아왔던 곳이기는 하지만 그때마다 일행이 있어 자유롭지 않았다. 오늘은 주변에 아무도 없으니 보통 사람들처럼 이리저리 기웃거려 볼 생각이다. 개관 시간이 오후 5시 30분까지라는 게 좀 마음에 안 들지만 상관없다. 해가 지면 갈 곳이 따로 있으니까 말이다.

임지연은 국립중앙과학관에 도착하자마자 우주체험관으로 달려갔다. 우주유영을 체험하기 위해서다. 하지만 길게 늘어선 줄을 보고는 발걸음을 돌려야 했다. 그 뒤로도 임지연은 유난히 사람들이 몰리는 곳만 골라 다녔다. 마치 사람 구경을 하러 온 사람처럼 말이다.

그런 임지연의 뒤를 졸졸 따라다녀야 하는 강유진은 죽을 맛이었다. '자유롭게 돌아다닌다는 것' 과 지금처럼 '사람이 붐비는 곳을 골라 다닌다는 것' 은 엄연히 다르다. 게다가 지금처럼 주변에 사람이 많아서는 스토커가 따라붙어도 그를 알아볼 수 없다.

강유진은 손등으로 이마의 땀을 훔치며 고개를 설레설레 저었다.

'연구실에서 갇혀 지냈나? 아니면…….'

어쩌면 외롭게 자란 사람일지도 모른다. 강유진은 임지연이 외롭게 자란 여자라고 생각했다. 임지연을 보고 있자니 '사람은 사회적인 동물이다' 라는 말의 의미가 새삼 가슴에 와 닿았다. 사람에게 상처를 입지만 사람이 그리운 게 사람인 모양이다.

자신도 그랬다. 전처와 딸 때문에 상처를 입었지만 여전히 그들이 그리웠다. 물론 이전처럼 사랑해서 그리운 것은 아니다. 그냥 어떻게 살고 있는지 보고 싶었다. 그들에게 상처를 받았지만 그것과는 별개로 그들이 보고 싶었던 것이다.

강유진은 사람들 속에서 바둥거리는 임지연을 향해 마음속으로 '화이팅!'을 외쳤다.

'미치겠군…….'

장우석이 신경질적으로 담배에 불을 붙였다.

지금까지 연구실과 집만 드나들던 임지연이 선불 맞은 노루처럼 사방을 돌아다니고 있다. 사람이 죽을 때가 되면 변한다고 하더니 과연 그런 모양이다.

아이들을 동반한 어른들이 힐끔거렸다. 담배연기가 거슬리는 모양이다.

문득 장우석의 입에서 한숨이 흘러나왔다.

미행의 기본은 사람들의 눈에 띄지 않는 것이다. 담배 하나로 사람들의 이목을 끌었으니 오늘은 실패라고 할 수 있다. 아무래도 마음이 너무 풀어진 모양이다. 상대에 대해 훤히 알고 있다는 생각이 방심으로 이어진 것이리라.

'너무 길었지…….'

임지연을 한 달이나 지켜본 것은 유동적인 상황 때문이다. 하지만 이제는 그럴 필요도 없게 되었다. 어제의 계약으로 임지연의 운명이 결정되었기 때문이다.

'뭐, 덕분에 눈요기는 실컷 했다만…….'

장우석이 씁쓰름한 미소와 함께 들고 있던 담배를 툭 내던졌다. 범죄자를 제거하는 것은 즐겁지만, 일반인은 내키지 않는다. 하물며 상대가 재색을 겸비한 -덤으로 사생활까지 깨끗한- 아가씨라면 자신의 직업이 원망스럽기까지 하다.

그래도 어쩔 수 없다. 개그맨들의 말처럼 '그게 세상의 이치'이니까. 인생은 아름답다고 잘 풀리는 것도 아니고, 악하다고 더 꼬이는 것도 아니다. 그보다 상위의 존재에 의해 생사(生死)는 물론 화(禍)와 복(福)까지 결정될 뿐이다. 물론 상위의 존재는 -종교인들이 떠들어대는 신(神)이 아니라- 자신처럼 힘이나 권력 또는 돈을 가진 사람들이다.

"이쁘면 나가요(창녀)가 되는 것도 인생이니까……."

중얼거리던 장우석이 막 자리를 떠나려고 할 때다.

뒤에서 한 남자의 불쾌한 음성이 들려왔다.

"아저씨, 나가요건 못나가요건, 담배꽁초는 쓰레기통에 버립시다. 길바닥에 그런 거 버리면 안 되지 않습니까?"

장우석이 고개를 돌렸다.

이십 대로 보이는 남자 하나가 피로에 찌든 얼굴로 서 있다. 아무리 봐도 그냥 일반인이다. 그것도 중고등학생들이 담뱃불을 빌려달라고 하면 군말 없이 라이터를 내밀 것같이 생긴 소심한 얼굴의 사내가 공중도덕을 논하고 있었다. 의외로 용자(勇者)라는 생각이 든다.

"아, 실수했습니다."

장우석은 순순히 자신의 잘못을 시인하고 담배꽁초를 집어 들었다. 일반인과 실랑이를 벌이고 싶지 않아서다.

"휴지통이 보이지 않아서요."

변명처럼 설명까지 덧붙였다. 생면부지의 상대에게 지적질을 당했지만 도리어 장우석의 표정은 담담했다. 아니 속으론 스스로를 뿌듯해 하고 있었다. 일반인을 상대로 초인적인 인내를 보여주고 있기 때문이다.

하지만 상대는 그렇게 생각하지 않는 것 같았다.

"이런 곳에서는 휴지통이 안 보이는 걸 탓하기보다는 담배 자체를 피우지 말아야 하는 겁니다. 아이들이 많은 곳에서 담배를 피우는 건 위험한 일이거든요. 아저씨가 담배를 들고 움직이는 손 높이가 아이들의 눈높이와 같습니다. 무심코 그 불붙은 담배로 아이들의 눈을 지지게 될 수도 있다는 겁니다. 그러니 이런 곳에서는 피우지 마십쇼."

번거로움을 피하려던 장우석이 눈에 힘을 주고 사내를 쏘아보았다.

하지만 사내는 시선을 피하지 않는다.

순간 장우석은 속에서 뭔가 울컥 솟구쳤다. '이런 곳에서는 피우지 마십쇼' 라는 마지막 말이 상당히 신경에 거슬렸던 것이다.

하지만 장우석은 한 번 더 참았다. 일반인을 상대로 화를 내고 싶지 않기도 했지만, 사람들의 시선을 끌고 싶지 않아서다.

"주의하겠습니다."

짧은 대답과 함께 장우석은 돌아섰다. 살기가 치밀어 올랐지만 그것도 참지 못할 정도로 바보는 아니다. 큰일을 앞두고 사소한 시비에 휘말려서는 프로라고 할 수 없다.

'운이 좋은 녀석이군.'

장우석의 입에 희미한 미소가 걸렸다.

세상에는 터무니없이 운이 좋은 사람이 존재한다. '밤의 학살자' 라고 불리는 자신에게 시비를 걸고도 목숨을 부지한 남자가 있으니 말이다.

강유진이 떨떠름한 표정으로 멀어져 가는 사내의 뒤통수를 바라보았다. 풀죽은 모습으로 걸어가는 사내를 보고 있자니 미안해진다. 이번에는 자신이 좀 지나쳤다는 자책이 든다. 그깟 담배가 뭐라고. 전에는 누가 공공장소에서 담배를 피건 말건 신경 쓰지 않았다. 하지만 요즘은 좀 예민해졌다.

"쩝, 내가 속물인 건가……."

강유진은 초고대문명의 힘을 얻은 뒤로 자신이 변했다고 생각했다. 사람은 힘이 있건 없건 한결같아야 하는데, 자신은 그렇지 못하다. 힘이 없을 때는 바닥을 설설 기다가, 능력이 생기니 싸움닭처럼 -고개를 빳빳이 세우고- 쪼아대고 있다.

잠시 한숨을 내쉬던 강유진이 급히 자리를 떠났다. 더듬이가 잘린 개미처럼 방황하는 임지연을 따라 이동하고 있는 것이다.

*　　*　　*

날이 밝았다.

침대에서 일어난 강유진은 창가로 다가가 커튼을 열어젖혔다. 일요일 아침의 거리는 잔잔한 호수 같았다. 그러고 보면 도시마다 아침의 풍경이 다른 것 같다. 어쩌면 자신의 마음이 조금 가라앉아 달라 보이는 것인지도 모른다.

'이게 뭐하는 짓이람?'

강유진이 방 안을 둘러보았다. 낯선 도시의 낯선 방에 홀로 서 있다. 일 때문에 출장을 온 것도 아니고, 그렇다고 놀러 온 것도 아니다.

'이런 생활을 잘해 나갈 수 있을까?'

한숨을 내쉬던 강유진은 침대에 걸터앉아 전화기를 들었다. 아침을 시켜 먹으려는 것이다.

식사 후 다시 임지연의 아파트로 향하는 강유진의 표정은 밝지 않았다. 자신이 선택한 방식이 바른지 알 수 없었기 때문이다. 어제도 밤늦도록 임지연의 뒤를 따라다녔지만 아무런 소득이 없었다. 확실히 임지연이나 자신은 이런 일에 초보자였다.

'계속 해야 하나?'

생각할수록 자신이 바보스럽게 느껴졌다. 이십 대 여자의 뒤를 졸졸 따라다니며 무슨 일이 생기지나 않을까 신경을 곤두세우고 있는 모습이라니! 있는지 없는지도 모를 스토커보다 더 한심스러운 모습이다. 길고양이처럼 밤늦게까지 이리저리 싸돌아다니던 임지연을 생각하니 벌써부터 가슴이 답답해진다.

'그래도 끝은 봐야겠지?'

멀리 상암 아파트가 보이자 강유진이 주먹을 불끈 쥐었다.

한때는 자신도 세상을 위해 뭔가 해보려고 한 적이 있다. 하지만 그런 마음은 오래가지 못했다. 인간사회의 냉엄한 현실을 너무 일찍 알아버린 것이다. 변절을 하면서까지 적응하려고 애쓴 인간사회였지만 결과는 참담했다. 일찍 세상과 타협해 버린 대가를 뒤늦게 치른 것인지도 모른다.

'다시 타협하지 않는다.'

아무리 바보 같아 보일지라도 -때로 상식에 어긋나고 성공이나 재물과 무관할지라도- 처음에 품은 마음을 잃지 않을 것이다. 카론과의 약속을 저버리지 않을 것이다. 그렇게 생각하니 답답하던 속도 좀 풀어지는 느낌이다.

강유진은 임지연이 살고 있는 102동의 출구가 보이는 지점에 대충 걸터앉았다. 거리상으로 500미터 이상 떨어져 있으니 몰래 지켜보기에 적당한 자리라고 할 수 있다. 물론 자신의 눈이 비약적으로 좋아지지 않았다면 꿈도 꾸지 못할 거리였다.

점심 무렵, 무료한 표정으로 아파트를 지켜보고 있던 강유진의 눈이 번득였다. 오랜 시간 차 안에 앉아 있는 한 남자를 발견한 것이다. 102동에서 조금 떨어져 있었지만 남자의 시선은 분명히 102동의 출입구를 향해 고정되어 있었다.

"스토커인가?"

자리에서 일어나려던 강유진은 다시 주저앉았다. 아닐 수도 있다. 아직은 102동을 바라보고 있는 정체불명의 남자일 뿐이다.

"이럴 때는 조수라도 하나 있었으면 좋겠군."

영화에서는 지하의 본부에 대기하고 있던 조수가 원하는 정보를 친절하게 알려준다. 하지만 현실은 궁금해도 참는 수밖에 없었다.

제2화

마무리와 사회성

임지연이 나오자 사내의 움직임도 분주해졌다.

강유진은 사내의 목표가 임지연임을 어렵지 않게 알 수 있었다. 임지연의 뒤를 일정한 간격을 유지한 채 따르고 있었던 것이다.

임지연도 뭔가 느낌이 이상한지 가끔씩 뒤를 돌아보았다.

불안해 하는 임지연을 위해 강유진은 전화를 해줘야겠다고 생각했다. 부담을 느낀 스토커가 다른 곳으로 가버리면 계획에 차질이 생기기 때문이다.

통화 버튼을 누르자 임지연이 황급히 전화를 받았다.

"카론 님, 어디 계세요? 저 지켜보고 있는 거죠?"

"네."

"저어, 혹시 누가 저를 따라오고 있나요?"

"네, 그래도 걱정하지 마세요. 제가 보고 있으니까요. 임지연 씨는 평소처럼 자연스럽게 행동해 주세요."

"알았어요. 그런데 누구예요?"

임지연이 뒤를 힐끔거렸다.

"안 돼요. 임지연 씨는 볼 수 없으니까 절대 뒤돌아보지 마세요."

거리에 사람이 많으니 누군지 알 리가 없다. 게다가 상대는 조심성이 많은 듯 상당히 멀리 떨어진 곳에 있었다.

"아직은 스토커가 우연이라고 시치미를 뗄 수도 있으니까, 장소를 한번 바꿔 보죠."

"어디로요?"

"아무 데나 두 번 정도 장소를 바꿔보세요. 끝까지 따라다니면 스토커가 확실하니까, 제가 만나보겠습니다."

"두 군데를 가면 되는 거죠?"

"네, 가급적 동선(動線)이 부자연스러운 곳이면 좋겠습니다. 상대가 방향이 같았다고 오리발을 내밀 수도 있으니까요."

"알았어요."

전화를 끊은 임지연이 씩씩하게 어디론가 걸어갔다.

문득 강유진은 임지연이 용기 있는 여자라는 생각이 들었다. 스토커가 뒤따르고 있다는 것을 알면서도 발걸음이 가벼웠기 때문이다.

임지연은 택시를 잡아타고 대덕대교를 지나 화폐박물관으로 들어갔다.

사내는 화폐박물관이 보이는 곳에서 서성거렸다.

잠시 후 임지연은 다시 택시를 타고 둔산대교를 건너 H수목원으로 향했다. 임지연의 집에서 크게 한 바퀴 원을 그린 셈이다.

강유진은 H수목원에서 다시 임지연에게 전화를 걸었다.

벨이 울리자마자 임지연이 받았다. 대범한 척해도 어지간히 마음을 졸였나 보다. 강유진은 임지연의 음성을 듣는 순간 피식 웃고 말았다.

"카론 님? 어떻게 됐어요?"

"여기까지 따라온 걸 보니까 스토커가 확실하네요. 제가 따끔하게 경고를 할 테니까 집으로 돌아가서 쉬고 계세요."

"저도 보면 안 돼요?"

"아직은 스토커가 어떤 사람인지 알 수 없어서…… 그 남자가 갑자기 소란을 피울 수도 있으니까…… 얽히지 않는 게 좋을 것 같은데요. 그 사람과의 대화는 동영상으로 녹화해서 가지고 가겠습니다."

"동영상요? 그런 장비 없으시잖아요?"

"휴대폰으로 하면 되죠."

"아, 휴대폰……."

임지연이 그럴 줄 알았다는 표정으로 중얼거렸다. 한순간이지만 뭔가 특별한 장비를 기대했다는 게 좀 우습기까지 하다.

수화기 저편의 카론은 대답을 기다리는 것 같았다.

하지만 임지연은 아무런 말도 하지 않았다. 카론은 집으로 가라고 했지만, 스토커의 정체가 너무 궁금했던 것이다.

결국 기다리다 지친 강유진이 생각을 바꾸고 말았다.

피해 당사자가 원하는 일을 제삼자가 나서서 막는다는 것도 이상하다는 생각에서다. 자신은 임지연의 보호자가 아니지 않은가?

"정 그 남자를 보고 싶으면 수목원에 남아 있어도 괜찮습니다."

"정말 그래도 되나요? 음, 누구지? 혹시 우리 학교 사람인가요?"

"아직 대화를 나누지 않아서 모르겠습니다."

"그럼요, 먼저 만나보시고…… 어느 정도 상황이 정리가 되면 전화주시겠어요? 근처에서 기다리고 있을 테니까요."

"알겠습니다. 제가 먼저 만나보고, 연락을 드리도록 하지요."

"그런데, 카론 님, 괜찮으시겠어요? 스토커 중에는 변태나 사이코들도 많다고 하던데…… 괜히 싸움이라도 나게 되면……."

"걱정하지 않으셔도 됩니다. 그럼 이만."

강유진은 상대의 말을 기다리지 않고 전화를 끊었다.

임지연이 지극히 평범해 보이는 자신을 염려하는 것은 당연하다. 그렇다고 임지연에게 모든 것을 설명해 줄 수도 없었다.

잠시 뭔가를 생각하던 강유진이 한쪽으로 뚜벅뚜벅 걸어갔다.

나무 그늘에서 쉬고 있는 스토커를 향해 가고 있는 것이다.

*　　*　　*

정장을 입은 사내는 삼십 대 중후반으로 보였다. 날카로운 눈매와 군더더기 없는 날렵한 체형으로 보아 보통 사람은 아니다. 마음이 조금 무거워졌다. 아무래도 사적인 감정으로 따라다니는 것 같지가 않아서다. 정말 임지연의 연구와 관계된 일일까? 그렇다면 경찰서로 데리고 가야 할지도 모른다. 그건 임지연이나 자신에게 유쾌하지 않은 상황이었다.

"실례하겠습니다."

강유진이 말을 걸자 사내가 움찔 놀란 표정을 지었다.

"뭐요?"

사내가 강유진의 전신을 가볍게 훑어보았다.

곧이어 긴장으로 굳어 있던 사내의 얼굴이 조금씩 풀렸다. 지나가던 사람이 뭔가 물어보려고 다가온 줄로 생각한 것이다.

"지금 몇 시나 됐습니까?"

사내가 손목시계를 힐끔 쳐다본 후에 답했다.

"2시 35분입니다."

"그렇군요."

고개를 끄덕이던 강유진이 다시 물었다.

"그런데 오전부터 지금까지 임지연 씨를 따라다니는 이유는 뭔가요? 오전 10시쯤부터 지금까지 줄곧 따라다니시던데."

"……."

사내가 당황한 눈으로 강유진을 바라보았다. 예기치 않은 질문에 놀라고 만 것이다.

잠시 후 사내가 주변을 살피며 물었다.

"혹시 경찰이십니까?"

"아닙니다."

강유진의 대답에 사내의 눈이 차갑게 가라앉았다.

"그럼 당신 뭐하는 사람이요?"

"경비원입니다만."

"아파트 경비요? 수목원 경비요?"

"그건 아실 거 없고, 왜 임지연 씨를 따라다니는지나 말씀해 보시죠."

"……."

사내는 잠시 고민하는 것처럼 한숨을 푹푹 내쉬었다. 상대에게 말을 해줘야 하는지 말아야 하는지를 두고 갈등하고 있는 것 같았다.

"음, 그쪽도 회장님이 보내서 온 거요?"

"회장님이라니요?"

강유진이 의아한 눈으로 사내를 바라보았다. 임지연을 따라다니던 남자가 뜬금없이 회장님 운운하니 이해가 가지 않았던 것이다.

사내가 날선 표정으로 강유진을 노려보았다.

"그럼 당신 뭐요? 경찰도 아니고, 회장님이 보낸 것도 아니면, 뭔데 함부로 남의 일에 끼어든 거요? 뭐하는 사람이야?"

"아까 가르쳐줬잖습니까."

"경비원?"

"기억하시는군요."

사내의 음성이 낮게 가라앉았다.

"이봐, 경비원 따위가 끼어들 일이 아니니까 조용히 가. 괜한 호기심으로 몸 버리지 말고."

사내는 마치 야생의 사자처럼 으르렁거렸다. 이건 분명한 협박이다. 하지만 그 정도의 협박에 기가 죽을 강유진이 아니다.

"갈 때 가더라도 당신이 왜 임지연 씨를 따라다니는지나 좀 알고 갑시다."

강유진도 정중하게 대하던 태도를 버렸다. 오는 말이 고와야 가는 말도 고와지는 법이다.

"이게 어디서! 너 정말 죽고 싶어?"

노기를 억누르느라 사내의 목에서 가래 끓는 소리가 울려나왔다.

"어이쿠! 보는 사람도 많은데 여기서 나를 죽이시게? 그럴 능력은 되시고?"

순간 사내의 입에서 육두문자가 튀어나왔다.

"너, 이 새끼! 지금 사람들이 많다고 깐족거리는 거냐?"

"아니, 아니, 그 반대야. 구경꾼들 덕분에 무사한 건 당신이라고. 나도 초등학교 때까지 태권도 배운 사람이야. 불광동 휘발유라고 들어는 봤어? 그게 나야."

"미친놈……."

사내는 주먹을 쥐었다 폈다 하며 혼자서 분을 삭였다. 마음 같아서는 몇 대 패고 싶었지만, 보고 있는 눈이 너무 많았다.

"이봐, 못 참겠다는 얼굴인데 한적한 곳으로 자리를 옮겨볼까? 마침 나도 당신에게 볼일이 있으니까. 이참에 서로가 원하는 걸 얻어보자고. 어때?"

"좋다. 달아나지나 마라."

말과 함께 사내가 빠른 걸음으로 앞장섰다.

강유진은 산책이라도 나온 사람처럼 사내 뒤를 느긋하게 따라갔다.

물론 그냥 따라가기만 하는 것은 아니다.

"에르 쉬 바쿰!"

곧이어 강유진의 두세 걸음 앞에 파르스름한 섬광이 번득였다.

타이탄의 서클이었다.

'어디, 좀 맞아줘 볼까? 몸을 강하게 보호하면 되는 거겠지? 거기에 적당한 마법어(魔法語)가…….'

세 개의 미스터리 서클은 허공에서 중첩되고, 융화되었다.

곧이어 빛의 터널이 나타났다.

"클레베스, 우다 칼라가덴……."

속삭임과 함께 강유진의 몸이 자연스럽게 서클을 통과했다.

서클은 강유진의 몸에 닿자 이내 파란빛의 가루가 되어 흩날렸다.

강유진 주변의 공기가 가볍게 일그러지는 듯하더니 이내 원상태로 돌아갔다.

모두가 강유진이 세 걸음을 걷는 동안에 일어난 일이었다.

사내는 근처의 상수리나무 숲으로 무작정 걸어 들어갔다. 그리고 제법 넓은 장소를 찾아내자 한가운데 우뚝 버티고 섰다.

"여기까지 따라온 걸 보니까 너도 한가락 했던 놈 같은데……안됐지만 오늘은 상대를 잘못 택했다."

강유진이 손사래를 치며 화답했다.

"됐고. 시간 없으니까 빨리 마무리하고 나갔으면 하는데."

"그래, 자식아, 빨리 끝내주마!"

말과 함께 사내의 주먹이 강유진의 얼굴로 날아갔다.

퍽.

강유진의 머리가 한쪽으로 돌아갔다.

사내는 득달같이 달려들어 강유진의 양 옆구리를 연속으로 가격했다.

퍼퍽.

그러고도 분이 풀리지 않는지 오른발로 강유진의 머리를 내리찍었다.

퍼억.

강유진의 상체가 굽어졌다.

흥분한 사내의 두 주먹이 더욱 빨라졌다.

퍼퍽. 퍽. 퍽.

얼마나 때렸을까? 질풍처럼 몰아치던 사내가 잠시 손발을 멈추었다. 격해진 호흡을 가다듬고 겸사겸사 상대의 상태를 확인하기 위해서다.

가쁘게 숨을 몰아쉬고 있는 사내의 귀로 활력에 찬 음성이 들려왔다.

"응? 벌써 끝난 거야? 더 남았어?"

"이 새끼가!"

사내가 다시 강유진에게 다가갔다. 그리고 주먹을 휘둘렀다. 이번에는 급소고 뭐고 가리지 않는 무자비한 주먹질이 이어졌다.

퍽. 퍽. 퍽. 퍽. 퍽.

몽둥이로 이불을 터는 듯한 규칙적인 음향이 고요하던 숲에 울려 퍼졌다.

그런데 살다 보면 맞는 사람보다 때리는 사람이 먼저 지치는 일도 있다. 강유진에게 폭력을 휘두르고 있는 사내가 그런 경우에 해당됐다.

헉헉거리고 있는 사내의 귀로 지나치게 맑은 음성이 들려왔다.

"이봐, 고르게 힘을 써야지. 점점 약해지고 있잖아."

약을 올리는 듯한 상대의 말에 사내가 다시 후끈 달아올랐다. 하지만 지금까지 때리느라 꽤 지친 터라 이번에는 젖 먹던 힘까지 짜내야 했다.

다시 한 번 이불 두드리는 소리가 울려 퍼졌다.

그렇게 오 분쯤 지났을까?

사내의 주먹질이 느려지기 시작했다.

순간 강유진이 굽어 있던 허리를 펴고 상체를 곧게 세웠다.

동시에 소나기처럼 퍼붓던 사내의 주먹질도 멎었다.

사내가 멍한 눈으로 상대를 바라보았다.

"뭐, 뭐야……."

사내의 시선이 자신의 주먹으로 향했다.

오랜 세월 거친 수련으로 단련된 자신의 주먹이 보였다. 그런데 그 인고의 세월을 지나온 주먹이 상대의 손에 곱게 잡혀 있다. 아니 정확히는 손목이다. 자신의 손목을 움켜잡은 상대의 손은 한눈에 봐도 사무직 직원의 것이다. 하지만 어떻게 된 일인지 그 비루해 보이는 손에서 빠져 나올 수가 없었다.

사내는 황급히 제압되지 않은 다른 손으로 상대를 후려쳤다. 타격을 가하기 위해서라기보다는 잡힌 손을 풀기 위한 시선 끌기용이다.

그러나 사내의 격렬한 몸짓은 마치 거미줄에 걸린 파리의 발버둥처럼 의미가 없었다.

강유진이 날아오는 사내의 주먹까지 오른손으로 잡아버린 것이다.

그리고 자연스럽게 이어지는 동작은 사내를 충격에 빠뜨리고 말았다.

제압한 양 손목을 마주 닿게 한 뒤 왼손으로 움켜잡았던 것이다. 결국 왼손 하나만으로 사내의 두 손을 제압한 셈이다.

사내가 황당하다는 표정으로 눈을 끔뻑였다.

자신의 두 손을 겨우 한 손으로 잡고 있다는 현실이 믿어지지 않는 표정이다. 이건 마치 어린아이와 어른의 싸움과 같지 않은가!

당황한 사내는 얼굴이 붉어지도록 힘을 썼다.

그러나 아무리 용을 써도 상대의 손에 잡힌 손은 풀어지지 않았다. 고작 한 손으로 만든 고리를 풀지 못하다니?

"다, 당신 뭐야?"

사내의 음성은 가늘게 떨리고 있었다.
강유진이 웃는 눈으로 사내를 바라보았다.
"내 눈을 바라봐. 넌 할 수 없어."
"……."
한때 전국적으로 유행하던 실없는 농담이다. 하지만 지금 이 순간 사내에게는 그게 단순한 농담으로 들리지 않았다.
'당했구나…….'
사내는 자신이 상대의 최면에 걸려들었다고 생각했다. 오래전 호기심으로 읽었던 최면술에 관한 전설적인 이야기들이 기억 저편에서 하나씩 떠올랐다. 최면에 걸리면 감각도 사라지고, 자신의 의지대로 몸을 움직일 수 없다던가? 그게 아니라면 지금의 현상을 이성적으로 설명할 수가 없다.
오싹 소름이 돋는다.
사내가 입술을 물어뜯었다. 어떻게든 정신을 차려서 이 상황을 극복해야 한다는 절박함에서다.
강유진이 빙글빙글 웃으며 말했다.
"때릴 때는 좋았지? 너는 인생을 그렇게 살아왔을 거야. 나도 대한민국에서 우울한 청소년기를 보냈어. 너의 손발에 실린 힘이나 망설임 없는 선빵을 보면 알 수 있지."
"나에게 무슨 짓을 한 거냐!"
"이봐, 내가 너에게 무슨 짓을 한 게 아니라, 네가 나에게 무슨 짓을 한 거잖아. 나는 아직 무슨 짓까지는 하지 않았어. 곧 할 계획이지만.”

“…….”

사내는 일순 할 말을 잃었다. 사실 상대를 일방적으로 폭행한 것은 자신이기 때문이다.

“개자식! 이따위 최면술에 당할 것 같으냐!”

사내의 입에서 피가 줄줄 흘러나왔다. 입술로 안 되자 혀까지 씹은 모양이다.

강유진이 황당한 표정으로 사내를 바라보았다.

“뭐야? 자해공갈이라도 해보려고?”

“어서 풀어! 새끼야!”

“아무래도 너 뭔가 착각하는 것 같은데. 잘 봐.”

강유진이 사내를 질질 끌고 커다란 상수리나무로 걸어갔다.

그리고 주먹으로 상수리나무의 허리를 후려쳤다.

콰직.

기이한 음향과 함께 허리가 부러진 나무가 한쪽으로 넘어갔다.

…….

사내는 숨도 크게 쉬지 못했다.

영화 속의 CG(Computer Graphics)로만 볼 수 있는 일이 자신의 눈앞에서 벌어지고 있었다. 너무 실감이 나질 않아 이게 꿈인지 현실인지도 모를 지경이다. 지름이 60센티가 넘는 나무를 한 주먹에 부러뜨리다니? 그런 건 인간의 영역이 아니다.

'아! 모두 최면이다. 환각에 빠진 거다.'

사내는 그렇게 결론 내렸다.

"난 속지 않는다!"

사내의 말에 강유진이 고개를 설레설레 저었다.

"그러든지 말든지. 하지만 이제 내가 묻는 말에는 정직하게 대답해야 할 거야. 나도 맞은 만큼 돌려줄 생각이니까."

"……."

믿어지지 않는 현실에서 탈출하려는 것일까?

사내는 대답 대신 맑고 푸른 하늘로 시선을 돌렸다. 흰 구름이 무심하게 떠다닌다.

아, 어머니.

사내의 눈동자가 약간 몽롱해지려고 할 때다.

"왜 임지연 씨를 따라다닌 거냐?"

"……."

강유진이 손에 힘을 주었다.

순간 사내의 입에서 비명이 터져 나왔다.

"끄악!"

현실로 돌아온 사내가 부들부들 떨며 자신의 두 손을 바라보았다.

양쪽 손목뼈에 금이라도 갔는지 -바늘로 콕콕 찌르는 듯한- 통증이 쉬지 않고 밀려들었다.

"이봐, 나는 할리우드의 블록버스터(blockbuster) 급 영화처럼 당신을 죽이지 않아. 우리는 21세기 대한민국에 살고 있잖아. 게다가 사람을 죽인다는 건 보통의 각오가 없으면 안 될 것도 같고. 그렇다고 해서 너무 마음 놓지 말아줘. 지금은 금이 갔는지 몰라도, 계속 대답하지 않으면 뼈와 신경이 뭉개져서 잘라내야 할 거야. 연금이나 보험 같은 거 따로 들어놨으면 모를까, 그게 아니라면 좀 막막해질 거라고 봐. 지금 만성적자라는 국민연금이나 의료보험 얘기하는 게 아닌 거 알지?"

"으으으……."

"그럼 다시 물을게. 이번에도 대답하지 않으면 나는 손에 힘을 더 많이 줄 생각이야. 버티고 싶으면 버텨봐. 대신에 손이 완전히 뭉개졌다 싶으면, 당신이 이긴 거로 치고 그냥 사라져 줄게. 당신은 두 손과 내가 원하는 대답 중에 하나를 고르는 거야. 알아들었지?"

사내가 격하게 고개를 끄덕였다.

연금? 보험? 그런 것과 관계없이 살아오기도 했지만, 무엇보다 한창 나이에 손목이 잘리면 죽느니만 못하지 않은가!

"남아프리카 공화국 대통령 이름이 뭐야?"

"뭐, 뭐?"

"한국말 몰라? 남아프리카 공화국 대통령 이름이 뭐냐고."

"그, 그걸 어떻게……."

"당신도 월드컵 정도는 봤을 거 아냐. 대답 안 해?"

"부, 부부젤라?"

"그건 응원도구 이름이고."

"……모른다. 그게 이번 일과 무슨 관계가 있다고……."

사내가 풀죽은 음성으로 중얼거렸다.

질문에 답을 하지 못했으니 무슨 괴롭힘을 당할지 두렵기까지 했다.

하지만 상대의 반응은 의외였다.

"좋아. 최선을 다해 대답하려고 하는 모습이 마음에 들었어. 그런데 반말을 찍찍 하는 게 영 거슬리네. 손모가지를 뭉개버리고 그냥 가버릴까……. 당신이 무슨 인류종말의 비밀을 알고 있는 것도 아닌데…… 우리 사이에 대답이야 들어도 그만 안 들어도 그만이잖아."

"……."

사내의 얼굴로 굵은 땀방울이 흘러내렸다.

잠시 생각하던 강유진이 다시 말했다.

"기회를 한 번 더 줄 테니까, 쉽게 가자고. 알겠어?"

"……."

사내가 고개를 끄덕였다. 자존심 때문에 쉽게 존댓말이 튀어나오지 않아 몸짓으로 답한 것이다.

"어! 이거 봐라. 그래도 나한테 머리를 까닥여?"

사내의 얼굴이 굳었다.

이제 보니 상대는 대답뿐 아니라 대답하는 사람의 태도까지 신경 쓰고 있었다. 그 치졸함에 이가 갈렸지만 약자는 자신이다.

사내가 복종의 의미로 슬그머니 눈을 내리깔았다.

그래도 강유진은 넘어가 주지 않았다.

"당신, 아주, 용기가, 대단한 남자였어. 무식하게 주먹만 휘두르는 사람인 줄 알았는데, 제법 깡이 있네. 그냥 남자답게 손목을 포기하겠다 이거지?"

"아! 아닙니다."

놀란 사내가 황급히 답했다. 어차피 대단한 비밀도 아니고, 존댓말 좀 한다고 수명이 짧아지는 것도 아니었다.

"두고 보겠어. 이름."

"김준표입니다."

"직업."

"경호업체에 근무하고 있습니다."

"회사 이름."

"넘버원 경호입니다."

"사장."

"곽민호입니다."

"사장 전화번호."

"010-XXXX-XXXX입니다."

김준표의 말이 끝나기가 무섭게 강유진은 휴대전화의 버튼을 눌렀다.

잠시 신호음이 울리는가 싶더니 중년남자가 전화를 받았다.

"실례합니다. 거기가 넘버원 경호 맞습니까?"

"네, 맞습니다. 누구십니까?"

"곽민호 사장님이십니까?"

"네, 그런데 누구……."

"직원 중에 김준표라는 사람이 있나요?"

"예, 있습니다만. 누구신지?"

"수고하십쇼."

강유진은 상대의 말을 듣지도 않고 전화를 끊었다. 경호 회사의 사장과는 특별히 할 이야기가 없었던 것이다.

"아쉽군. 거짓말이었으면 손모가지를 그냥 확!"

"저, 정말 넘버원 직원입니다."

"좋아. 왜 임지연 씨를 따라다녔어?"

"이 주일쯤 전에 임지연 씨의 경호와 약간의 뒷조사를 의뢰받았기 때문입니다."

"경호는 뭐고 뒷조사는 뭐야?"

"대성그룹 비서실에서 임지연 씨의 경호와 함께 근황을 좀 알아오라고 해서……."

“잠깐, 잠깐, 여기서 갑자기 대성그룹 비서실이 왜 나와? 혹시 서울 시청 앞에 있는 그 대성그룹을 말하는 거야?”

“예.”

“허, 대성그룹 비서실이라고? 걔들이 왜 그런 의뢰를 해?”

강유진이 믿어지지 않는 눈으로 김준표를 바라보았다.

대성그룹이면 한때 자신이 몸담았던 곳이다. 자신이 아는 한 대성그룹은 사회에서 지탄받을 만한 일은 하지 않았다. 그런데 단 몇 년 사이에 그룹의 분위기가 변하기라도 했단 말인가? 전도유망한 여과학자의 사생활까지 조사하다니?

하지만 강유진의 생각은 오래가지 않았다.

“임지연 씨가 대성그룹 임 회장님의 친조카가 아닙니까. 회장님의 특별 지시가 있었다고 알고 있습니다.”

“헐, 임지연 씨가 임천수 회장님의 조카야?”

“예…….”

“휴우! 정신없네.”

강유진이 세차게 머리를 흔들었다. 뜻하지 않은 곳에서 과거의 기억과 조우하니 조금 당황스럽기까지 했다.

“임 회장님은 왜 경호와 뒷조사를 하라고 했는데?”

“저도 우리 사장님에게 들은 이야기입니다만…… 대성그룹 회장님이 임지연 씨를 대성그룹의 무슨 연구소로 오라고 하는 모양입니다. 그런데 임지연 씨가 지금은 안 된다고 거절하니까…… 대성그룹 회장님이 혹시 다른 문제가 있어서 그런가 싶어서…….”

“…….”

강유진의 입에서 한숨이 흘러나왔다.

이제야 돌아가는 상황이 이해가 갔다. 조금 전 ‘회장님이 보내서 왔냐?’는 김준표의 질문은 그런 배경에서 나온 것이었다.

“쯧쯧!”

혀를 차던 강유진이 잡고 있던 김준표의 팔목을 놓으며 중얼거렸다.

“거, 좋게 말로 하지 왜 폭력을 써서…….”

상대가 폭행만 가하지 않았다면 뼈를 상하게 하지는 않았을 것이다.

순간 김준표의 입에서 신음이 흘러나왔다.

“으윽…….”

압력이 사라지자 뼈와 살이 제자리를 찾아가면서 다시 통증이 밀려온 것이다.

김준표는 비집고 나오려는 신음을 참기 위해 이를 악물어야 했다.

양손이 떨어져 나가는 고통 속에서도 김준표는 안도의 한숨을 내쉬었다. 상대가 ‘임지연과 자신에게 해를 가하지 않을 것 같다’는 생각에서다.

그래도 만일을 대비해 부지런히 눈알을 굴렸다. 여차하면 달아나려고 주변을 살피고 있는 것이다.

강유진은 내막을 모르는 김준표가 또 다른 사고를 칠까 봐 자세히 설명했다.

"그쪽이 대성그룹에서 보내서 왔다면, 나는 임지연 씨가 고용한 사람입니다. 임지연 씨는 누가 자신을 스토킹하는지 알아봐 달라고 나에게 도움을 요청했어요."

"아아!"

김준표의 입에서 고통과 탄식이 뒤범벅된 소리가 흘러나왔다. 아마추어처럼 같은 편끼리 싸우다가 이 지경이 되다니!

"지금 임지연 씨를 만나러 갑시다. 그쪽 때문에 불안해 했으니까 잘 설명해 줘야 할 겁니다."

"예……."

강유진이 앞장서자 김준표가 어깨를 축 늘어뜨리고 뒤따라갔다.

김준표가 사원증을 보이고 이야기를 시작했다.

물론 금이 간 손목인지라 꺼내고 넣기에 상당히 시간이 걸렸지만, 덕분에 임지연은 스토커에 대한 걱정을 덜어낼 수 있었다.

김준표는 설명을 마치자 즉시 떠나갔다. 손목의 치료를 위해서라도 머뭇거릴 틈이 없었던 것이다.

김준표가 사라지자 임지연은 강유진에게 고개를 숙여 보였다.

"감사해요. 덕분에 큰 소동 없이 해결되었네요."

"아닙니다. 저도 일이 잘 해결돼서 기쁩니다. 처음 해보는 일이라 좀 막막했었는데."

"후훗, 그렇군요. 첫 의뢰의 성공을 축하드려요."

"감사합니다. 운이 좋았습니다. 어렵지도 않은 일이었고요."

강유진은 어려운 일을 해냈다는 느낌은 들지 않았다. 이틀간 잠복을 한 것 외에는 특별한 일이 없었기 때문이다.

"어머, 겸손까지……. 그런데 오늘 저녁에 약속 있으세요? 선약이 없으시다면 감사의 뜻으로 식사를 대접하고 싶은데……."

잠시 망설이던 강유진은 고개를 끄덕였다. 일찍 서울로 올라가봐야 딱히 할 일도 없었다.

"약속은 없습니다."

"그럼 7시에 아파트 앞으로 와주실래요?"

임지연이 생글생글 웃으며 강유진을 바라보았다.

표정과 달리 마음은 영 거북했다. 정체도 불분명한 남자와의 데이트라니? 상대에 대한 호기심이 아니라면 입 밖에 내지도 않았을 소리였다.

'이 사람, 대체 무슨 수로 경호업체 직원을 그렇게 만들었을까?'

김준표라는 사람은 두 손을 제대로 사용하지도 못했다. 카론이 그를 물리적으로 제압했다는 뜻이다. 이야기하는 내내 김준표는 카론의 눈도 제대로 마주 보지 못했다. 체격 조건이나 직업 등을 비교해 볼 때 불가능한 일이었다.

"알겠습니다. 그럼 이따가 뵙죠."

말을 마친 강유진은 자리에서 일어났다. 이제 3시 30분, 약속 시간까지는 아직도 세 시간 이상이나 남아 있었다.

임지연도 뒤따라 일어섰다.

"저는 연구실에 들렀다가 집으로 갈게요."

"네."

강유진은 어색한 눈인사를 나누고 돌아섰다.

낯선 곳을 혼자 걷노라니 허전하기는 했지만 마음은 편했다. 더 이상 용무도 없는데 임지연과 함께 있는 것보다는 부담이 적었다. 일이 끝난 이상 임지연과는 '아는 사이도 아니고 모르는 사이도 아닌' 애매한 관계였다. 오랜 사회생활의 경험상 이런 관계일수록 각별히 언행에 주의해야 한다. 친절을 베풀면 '이성 간 호감의 표현' 으로 오해받을 수 있고, 사무적으로 대하면 '돕는 것' 에 대한 진정성을 의심받기 때문이다.

"이런 일은 마무리가 중요하지. 마무리가……."

중얼거리던 강유진이 인파 속으로 사라져 갔다.

멀어져 가는 강유진의 뒷모습을 바라보던 임지연이 고개를 가볍게 저었다.

카론은 공과 사의 구별이 지나치게 엄격한 것 같다. 저렇게 해서 사회생활을 잘 할 수 있을지 걱정이 될 정도다.

"쯧, 사회성이 부족해. 사회성이……."

제3화

몽둥이와 전략핵무기

저녁을 대접한다고는 했지만, 식사를 마치고 종업원이 테이블을 치우고 돌아갈 때까지 두 사람은 별다른 대화가 없었다. 살아온 환경은 물론 취미를 비롯한 일상사의 모든 것이 서로 달랐기 때문이다.

멀뚱멀뚱 앉아 있던 강유진이 뒤늦게 뭔가 생각난 듯 자신의 머리를 툭 쳤다.

"참, 여기 있습니다."

넓은 테이블 위로 하얀 편지봉투 하나가 올라갔다.

"……."

임지연이 의아한 눈으로 봉투를 바라보았다.

"이게 뭔가요?"

"이번 일에 소요된 경비의 청구서입니다."

"아! 벌써 정산하셨어요?"

"네, 서울로 올라가면 다시 만나기가 어려우니까요."

"제 이메일로 보내주셨어도 되는데……."

임지연이 봉투를 집으며 중얼거렸다.

일이 끝난 지 몇 시간 만에 청구서를 들이미니 조금 부담스러웠다. 대체 얼마나 청구하려고 이렇게 요란한 걸까? 삼백만 원? 오백만 원? 그래도 정식 사무소가 아니니까 터무니없는 가격은 아닐 것이다. 임지연은 오랜만에 성적표를 받아든 심정이었다.

KTX : 45,800원 [서울 ↔ 대전, 22,900×2(왕복)]

숙박 : 20,000원 (드림 모텔)

택시 : 8,000원

식사 : 20,000원 (4회×5,000원)

합계 : 93,800원

계좌 : 농협 231080-00-000000 (예금주 : 강유진)

합계금액을 보고 임지연이 고개를 갸웃거렸다.

처음에는 93만 원인 줄 알았다. 그 정도면 굉장히 싸다고 생각했다. 그런데 아무래도 이상해서 다시 보니 9만 3천 원이었다.

"이거…… 너무 싼 거 아니에요?"

"돕기 위해서 하는 일이라 실비만 계산했으니까요."

"아! 맞다."

임지연이 고개를 끄덕였다.

그러고 보니 아케론닷컴은 보통의 심부름센터가 아니라 카론이라는 운영자가 남을 돕기 위해 만든 사이트였다.

"깜빡했어요. 정말 감사해요. 좋은 일 하시네요."

임지연의 얼굴에 화사한 미소가 떠올랐다.

"별말씀을요."

"……."

두 사람 모두 잠시 침묵했다.

잠시 후 아이스 카푸치노가 나오자 임지연이 웃으며 말문을 열었다.

"그런데 남을 도우시는 것도 좋지만 디펜더(DEFENDOR)처럼 되지는 마세요."

"디펜더요?"

"네, 그 영화 안 보셨어요? 그것도 나름 히어로물인데…… 주인공이 카론 님처럼 남을 돕다가 처참하게 죽임을 당해요."

"아……."

임지연이 조금 쓸쓸한 음성으로 중얼거렸다.

"어쩌면 그게 가장 현실적인 히어로물인지도 모르죠."

"서울에 가면 한번 찾아봐야겠군요."

“굳이 안 찾아보셔도 돼요. B급 영화라서 대중이 기대할 정도의 재미는 없으니까요. 저야 영화광이라서 가리지 않고 봤지만.”

“B급이라…….”

임지연이 해맑은 미소로 말했다.

“사실 카론 님 같은 분이 많아야 세상도 좋아지는 거잖아요. 그러니까 슈퍼맨이나 배트맨처럼 ‘끝까지 살아남는 히어로’가 되시라는 바람으로 드린 말씀이에요. 영화는 진짜 재미없었어요. 저는 분명히 말했어요. 재미없었다고.”

영화를 보고 나중에 불평이라도 할까 봐 미리 다짐을 받아두려는 모양이다. 무의미한 립서비스다. 다시 만날 일이 어디 있다고?

강유진이 피식 웃으며 중얼거렸다.

“저는 그렇게 대단한 사람은 아닙니다.”

“에이~ 김준표 씨를 어떻게 제압했는지나 좀 말해줘요. 작은아버지에게 물어보니까 넘버원에서도 손꼽히는 사람이라고 하시던데.”

“그건 영업비밀입니다. 원래 마술이란 것도 그렇지 않습니까? 사람들이 몰라야 신비하고 대단해 보이죠. 전부를 알아버리면 인생이 시시해지는 법입니다.”

“영업도 아니면서 웬 영업비밀이세요?”

“그런 개념으로 알아두십사 드리는 말씀입니다.”

“에이, 신비주의는 나중에 급실망으로 연결되는데…….”

"나중에 저를 볼 일이 없어야 행복한 인생이 되는 겁니다."

"……."

단호한 카론의 말에 임지연은 일순 할 말을 찾지 못했다. 카론을 만날 일이 없어야 행복하다는 것은 맞는 말이었다.

임지연은 아이스 카푸치노를 홀짝거렸다.

카론이라는 남자와의 만남은 일탈(逸脫)과도 같았다. 호기심은 여전히 풀리지 않았지만, 다시 만나고 싶을 만큼은 아니었다. 여기에서 나가면 카론은 스쳐지나가는 거리의 남자들 가운데 하나가 될 것이다. 그렇게 생각하니 더 할 말도 없었다. 갑자기 피로가 밀려왔다.

"휴, 한 달 가까이 스토킹에 시달렸더니 피곤하네요. 카론 님 덕분에 오늘부터는 푹 쉴 수 있겠어요."

강유진이 담담한 미소를 지었다. 저런 말은 이만 일어나자는 신호다. 눈치 없게 상대를 오래 붙잡고 있었던 모양이다.

"피곤하실 텐데 일어나시죠?"

"그럴까요? 소요경비는 집에 가자마자 인터넷뱅킹으로 넣어드릴게요."

임지연이 생긋 웃어 보였다. 당장 현금이 없어서가 아니다. 지갑에 십만 원 권 수표가 몇 장 있었지만 꺼내고 싶지 않았다. 카론이 어제처럼 잔돈을 덕지덕지 거슬러 줄 것 같아서다. 홈뱅킹이라면 잔돈까지 주고받지 않아도 된다.

"알겠습니다."

카론의 대답을 듣자마자 임지연은 자리에서 일어섰다. 마음을 정하니 집으로 어서 돌아가고 싶은 마음뿐이었다.

임지연은 카운터로 가서 재빨리 신용카드를 내밀었다.

그리고 카론을 돌아보며 말했다.

"이건 감사의 뜻으로 제가 내는 거라고 했으니까, 더치는 안 돼요."

"네, 잘 먹었습니다."

강유진이 간단하게 목례를 했다.

이것으로 첫 번째 의뢰는 완전히 끝났다. 그렇게 생각하니 시원하면서도 뭔가 허전했다.

레스토랑 앞에서 임지연은 택시를 타고 떠나갔다.

강유진은 대전역 방향으로 천천히 걸어갔다. 지금 시각은 9시 40분, 예매한 표가 10시 10분이니 서두를 이유가 없었다.

강유진이 인상을 찡그렸다.

밤공기는 신선했지만 뭔가 개운하지 않았다. 그 이유가 무엇인지 생각해 봤지만 당장은 떠오르지 않았다.

'그녀가 대성그룹 임 회장님의 조카라서 미련이 남은 것일까?'

강유진은 그냥 그렇게 생각하기로 했다. 그제야 마음이 조금 가벼워졌다.

'그 친구들은 잘 지내고 있을까?'

문득 총무과에서 함께 생활하던 신은서와 박철영, 김은미의 얼굴이 떠올랐다. 그중에서도 신은서와 박철영은 가족보다 더 따뜻한 정을 보여줬다. 어느 자리에서 살아가든 다시 그런 사람들을 만나기는 어려울 것이었다.

*　　*　　*

서울로 올라가는 KTX 안에서 강유진은 깜빡 잠이 들었다.

꿈속에서 엉뚱하게 김준표를 만났다. 아니, 김준표와의 대화가 선명하게 떠올랐다는 표현이 맞다.

"좋아, 왜 임지연 씨를 따라다녔어?"

"이 주일쯤 전에 임지연 씨의 경호와 약간의 뒷조사를 의뢰받았기 때문입니다."

"경호는 뭐고 뒷조사는 뭐야?"

"대성그룹 비서실에서 임지연 씨의 경호와 함께 근황을 좀 알아오라고 해서……."

곧이어 임지연의 얼굴이 등장했다. 아무래도 꿈은 시간을 역행하고 있는 것 같았다. 임지연을 처음 만난 날이 배경이었다.

"……사실은 저 혼자만의 착각일 수도 있는 일이라서…… 다른 사람들에게 말하지 못했던 거거든요. 한 달쯤 전부터 누가 쳐다보는 것 같더라고요. 캠퍼스에서도 그렇고, 가끔 시내로 나오는 날도 그렇고…… 영화에서 나오는 스토킹 당하는 그런 느낌이 들어요."

"따라다니는 남자는 있었나요?"

"그런 건 전혀 없었어요."

강유진은 잔뜩 인상을 찡그렸다.

조악하게 편집된 영상처럼 꿈이 토막토막 진행되고 있다. 기분이 좋지 않아 깨고 싶었지만, 무거운 눈은 쉽게 떠지지도 않았다. 마치 가위에라도 눌린 것 같았다.

이번에는 전처까지 등장했다.

강유진은 '무슨 이런 더러운 꿈이 다 있지?' 라고 중얼거렸다.

"미안해, 이해해줘."

"갑자기 왜 그러니? 내가 갈게."

"아니, 오지 마. 소용없어. 그리고 꼭 무슨 이유가 있어서 그러는 건 아니야. 그냥. 그래."

무슨 이유가 있어서 그러는 게 아니라는 말을 들었을 때, 오히려 심장이 내려앉았다. 본능적으로 남자가 관계된 일이라는 걸 느꼈다. 그래서 이유를 묻지 않았다. 그 말을 들으면 진짜 끝날 것 같아서 자꾸 다른 말을 앞세웠다. 시간이 지나면 아물 상처에 불과하다고 애써 자위하면서 말이다.

"소영아! 연애 7년 결혼 7년, 14년이야. 우리가 함께 한 시간이 자그마치 14년이라고. 그건 짧은 시간이 아니잖아."

"그래, 긴 시간이야. 그런데…… 너무 길어서 이젠 지겹기도 해."

"뭐? 너, 어떻게 그런 말을……."

"그래서 미안하다고 했잖아."

뚜뚜뚜뚜뚜…….

누군가 어깨를 스치고 지나갔다.

그 덕분에 강유진은 겨우 눈을 뜰 수 있었다. 불쾌한 느낌에 얼굴을 더듬으니 온통 땀투성이다. 가위에 제대로 눌린 모양이다.

강유진은 손바닥으로 땀을 대충 훔쳐냈다.

그게 안돼 보였는지 옆자리에 앉아 있던 오십 대의 아주머니가 가방에서 물티슈를 꺼내 건넸다.

"어휴! 젊은 사람이 무슨 땀을 그렇게 흘려요? 이거라도 쓰세요."

"감사합니다."

강유진은 촉촉한 물티슈로 이마와 얼굴을 닦았다.

무심코 창으로 고개를 돌리니 비라도 내리려는지 칠흑처럼 어두웠다.

"한 달과 이 주일이라……."

마음이 무거웠던 이유를 알 것 같았다.

넘버원의 김준표가 투입된 날과 임지연이 스토킹을 당한 날에 차이가 있었다. 그게 임지연의 착각이 아니라면, 적어도 이 주일 이상 다른 누군가가 임지연을 스토킹 했다는 말이다. 의뢰가 끝난 지금으로서는 모든 게 임지연의 착각이기만을 바랄 뿐이다. 하지만 그게 아니라면?

망설이던 강유진은 임지연에게 전화를 걸었다.

여러 차례 신호가 간 후에야 임지연의 나른한 음성이 들려왔다.

"……카론 님이세요?"

"네, 신경 쓰이는 부분이 있어서요."

"뭔데요?"

"넘버원의 김준표 씨가 투입된 날짜와 임지연 씨가 스토킹을 의심한 날이 맞지 않습니다. 임지연 씨는 한 달 정도 스토킹을 당했는데, 김준표 씨는 이 주일 전에 의뢰를 받았다고 했거든요. 제삼자가 또 있을 수도 있다는 생각입니다."

"그런가요? 하지만 제가 한 달이라는 날짜를 정확하게 카운트

한 건 아니라서…… 이 주일이면 상당히 긴 시간이니까, 대충 맞을 거 같은데요. 사실 저를 스토킹 할 사람도 없고…… 작은아버지가 좀 극성이라서 별의별 일이 다 있었거든요."

강유진의 입에서 한숨이 흘러나왔다.

본인이 괜찮다고 하니 더 이상 말을 계속 하기가 어색했다. 이 상황에서 말을 길게 끌면 괜히 추해 보일 수도 있다.

"알겠습니다. 그래도 혹시 모르니까, 혼자 다니지는 마세요. 그리고 무슨 일이 생기면 전화주시고요."

"네에, 고마워요. 그렇게 할게요. 그럼 수고하세요."

딸깍.

임지연이 전화를 끊었다.

강유진은 씁쓰름한 미소를 지을 수밖에 없었다. 확실히 사람은 화장실에 들어갈 때와 나올 때의 마음이 다른 것 같다.

임지연이 급하게 도움을 청할 일은 없을 것이다. 대전과 서울의 거리를 생각하면 도와줄 수도 없다. 시간을 다투는 일이라면 더욱 그렇다.

강유진은 의자 깊숙이 몸을 묻었다.

아무래도 전처(前妻)와의 전화통화는 예지몽 같은 것이었나 보다. 임지연도 그녀처럼 일방적으로 전화를 끊어버렸으니까.

"괜히 전화했나……."

어쩐지 실없는 사람이 된 기분이다. 가벼워 보였을 게 분명하다.

'맺고 끊는 게 불분명한 사람으로 보였을 테지.'

대성그룹 임 회장님의 조카라는 말에 과잉 친절을 베풀었던 것일까? 역시나 자신의 속물근성은 쉽게 벗겨지지 않는 것 같다.

*　　*　　*

"아드님이 효자신가 봐요."

인터넷을 설치하던 기사의 말에 사십 대 후반으로 보이는 아주머니가 망설임 없이 고개를 끄덕였다.

"효자 맞아요. 우리 아들이 어릴 때부터 참 말을 잘 들었어요. 그런데 기사님이 그걸 어떻게 알았어요?"

기사가 케이블 끝을 니퍼로 툭툭 끊으며 답했다.

"최신형 컴퓨터에 초고속 광랜까지 깔아주는 자식이 어디 흔한가요? 보니까 애들이 있는 것도 아닌 것 같은데……."

기사가 웃으며 다시 한 번 방 안을 둘러보았다.

누가 봐도 방 한 칸에 아주머니가 혼자 살고 있는 집이다. 그런데 어울리지 않게 방 한쪽에 최신형 컴퓨터가 있다. 그리고 지금은 자신이 초고속 인터넷까지 설치 중이다. 나이도 좀 있는 아주머니 혼자 사는 집에 이런 시설이라니? 효자라고 해도 이상하지 않은 상황이 아닌가?

"중학교 때 애 아빠가 교통사고로 죽었어요. 그런데도 엇나가지 않고 잘 자라 지금은 큰 회사에 취직까지 했어요. 그리고 요즘은 내가 혼자 사는데 심심할 거라고 컴퓨터에 초고속 인터넷까지…… 그렇게 착한 아들이 없어요."

"어디 회사에 다니는데요?"

기사가 케이블 끝에 캡을 씌우며 물었다. 누군지도 모르는 아들의 직장이 궁금해서가 아니다. 혼자 사는 아주머니가 심심할까 봐 적당히 말을 주고받는 중이다. 아들이 큰 회사라고 했으니 대성그룹이나 LS그룹 혹은 한빛건설일지도 모른다는 생각을 했다.

"뭐라고 하던데…… 난 기억이 잘 나지 않아서."

"명함 같은 거 없어요?"

기사가 컴퓨터를 켜며 건성으로 물었다.

이제 인터넷 확인만 하면 설치 끝이다.

"그게…… 어디다 뒀는데 모르겠네요……."

아주머니가 말끝을 흐렸다. 힐끔 눈치까지 보는 게 더 이상 그 이야기를 하고 싶지 않은 눈치다.

다행히 기사의 관심은 인터넷으로 바뀌어 있었다.

"어디 보자, 인터넷이 잘 뜨나…… 잘 뜨네요. 한번 확인해 보세요."

말과 함께 기사가 자리에서 일어났다.

아주머니가 의자에 앉아 생각 없이 여기저기를 클릭했다. 화면이 눈 깜짝할 사이에 바뀌어 갔다. 최고 사양의 컴퓨터에 초고속

광랜의 효과다.

"잘되네요."

아주머니의 말에 기사가 장비를 챙기기 시작했다.

"그럼 이만 가보겠습니다. 혹시 나중에라도 인터넷에 문제가 생기면요, 거기 제 명함에 있는 전화로 연락주세요. 그리고 본사에서 설치가 잘됐냐고 묻는 전화가 올 건데요, 그때 친절하게 잘 해줬다고 말씀해 주시면 감사하겠습니다."

"그런데 뭐 좀 물어봐도 돼요?"

"예, 뭔데요?"

"아들이 심심할 때 인터넷으로 고스톱을 치라고 했는데…… 고스톱을 어디서 치라는 건지 몰라서……."

"아! 그건 간단해요."

기사가 가까이 오자 아주머니가 자리에서 일어섰다.

컴퓨터 앞에 앉은 기사가 키보드를 가볍게 두드리며 말했다.

"여기 이 사이트가 검색포탈 '네이웃'이라는 곳인데요. 여기 위에 게임을 모아 놓은 곳이 따로 있어요. 여기 누르고 들어가서 회원가입 하시고, 원하는 게임 하시면 돼요. 보세요. 여기 고스톱이라고 보이죠?"

"아, 네."

"회원가입 하신 후에 여기 가서 고스톱 치시면 돼요."

"그러니까 순서가……."

“다시 가르쳐드릴게요. 먼저 네이웃, 여기 위에 게임, 그리고 회원가입, 마지막으로 고스톱 순으로 하심 돼요. 참고로 회원가입은 처음에 한 번만 하시면 돼요. 다음부터는 여기에 로그인만 하시면 바로 고스톱을 하실 수 있어요.”

“처음에 ‘네이웃’에서 하는 거죠?”

“네, 아예 인터넷 시작 페이지를 ‘네이웃’으로 해드릴게요. 자아, 앞으로는 그냥 컴퓨터 켜시고 인터넷 누르시면 돼요. 여기가 ‘지식검색 네이웃’이라고 나름 유명하거든요. 모르는 거나 궁금한 거 있으면 빈칸에 물어보세요. 그럼 다 가르쳐줘요.”

“세상 참 좋아졌네요.”

“하하, 그래서 다들 인터넷 인터넷 하잖아요. 아주머니도 인터넷 하다 보면 시간 가는 줄 모르실 거예요. 그리고 화면을 닫고 싶으시면 오른쪽 위의 X표시를 누르면 돼요. 컴퓨터를 끄고 싶을 때는 여기 이 그림을 누르면 되고요.”

기사는 마우스로 윈도우 화면과 켜고 끄는 아이콘을 몇 번 가리켜 보였다.

“고마워요.”

아주머니가 이해했다는 듯 고개를 끄덕였다.

그제야 기사도 자리에서 일어섰다.

“아주머니, 나중에 본사에서 설치 확인 전화 오면…… 설치기사가 친절하게 잘 해줬다고 말씀해 주세요.”

"꼭 그렇게 할게요."

"네, 그럼 안녕히 계세요. 확인 전화 잘 부탁드립니다."

인터넷 설치기사는 마지막까지 확인 전화를 부탁하고 떠나갔다.

잠시 우두커니 서 있던 김정숙은 문을 잠그고 컴퓨터 앞에 앉았다.

'네이웃' 의 화면이 보였다.

인터넷 설치기사가 가르쳐준 빈 칸이 눈에 확 들어왔다.

김정숙은 하얀 네모 칸에 '아들이 못된 친구들과 어울려 사고를 치고 다닙니다' 라고 적었다.

……학교를 마**치고**……

……노래방 도우미와 **어울려**……

……매니**아들** 사이에……

……한 팔을 걸치고…… 눈을 감고 받**아들이**는……

……교통**사고**로……

김정숙의 표정이 점점 어두워졌다. 모두가 자신이 처한 상황과 다른 이야기들이다.

한숨을 푹푹 내쉬던 김정숙의 눈에 힘이 들어갔다.

……**아들이 사고를 치고 다닙니다.**

갑자기 가슴이 두방망이질 쳤다.

자신과 같은 고민을 가진 부모가 저기에 있었다.

김정숙은 떨리는 마음으로 마우스를 옮긴 뒤, 힘껏 눌렀다.

[이제 25개월 된 **아들이 사고를 치고 다닙니다.**]

"……."

피식 웃음이 흘러나왔다.

아들도 중학교 때까지는 여느 집 아이들처럼 어리광을 부리며 자랐다. 착하고 귀엽기만 하던 아들이 돌변한 것은 남편의 사망 이후다. 교통사고로 갑자기 아빠를 잃은 뒤 아들은 엇나갔다. 지금은 어디에서 무엇을 하는지도 모른다. 일 년에 몇 차례 안부 전화가 오는 게 전부였다.

김정숙은 25개월짜리 아들의 사연을 올린 어머니의 글을 닫았다.

그리고 계속해서 다른 글들을 읽어나갔다. 혹시나 하는 기대감에 눈이 따끔거릴 때까지 쉬지 못했다.

모두가 한 달쯤 전에 컴퓨터를 가져다준 청년과의 대화 때문이다.

'정우 형님의 심부름을 왔습니다' 라는 말에 '정우가 어디서 무슨 일을 하고 있는지 아느냐?' 고 물었다. 그때 청년은 '형님은 우리 조직에서 큰일을 하고 계십니다'라고 했다. 분명히 회사가 아니라 조직이라고 했다.

할 줄 아는 건 싸움밖에 없는 아들이었지만 정상적인 사회생활을 하고 있으리라 기대했었다.

김정숙이 멍한 눈으로 화면을 바라보았다.

'사고치는 아들'과 관계된 글을 다 읽었다. 그러나 지금 자신에게 필요한 조언은 어디에도 없었다.

김정숙의 입에서 무거운 한숨이 흘러나왔다. 남편의 사망 이후로 입에 붙어버린 습관이다.

모니터 아래를 보니 아까는 보이지 않던 세로줄이 무수히 가 있다.

멍한 표정으로 화면을 닫기 시작했다. 십여 개의 화면을 닫자 세로줄도 눈에 띄게 줄어들었다.

배에서 꼬르륵 소리가 날 무렵, 돌연 김정숙의 움직임이 멈추었다.

'직장 상사가 은근히 성희롱을 하는 것 같아요'라는 누군가의 고민상담 글에 여러 개의 댓글이 달려 있다.

본문 중에 '이러다가 **사고** 칠 것 같아요'라는 글이 있어 연결되었던 모양이다.

그런데 그중 하나의 댓글이 눈에 들어왔다.

-제가 너무 힘든 일이 있어서요. 아케론.com의 임파서블 미션 게시판에 의뢰를 했거든요. 그런데 이게 웬일입니까? 그 어려운

일을 그냥 한방에 해결해 주더라고요. 수고비도 실비만 받는다면서 거의 안 받더라고요. 너무 신기하고 고마워서 여기에도 글을 남겨봅니다. 괜히 한번뿐인 인생 **사고**치지 마시고 거기에 정식으로 의뢰해 보세요.

-위의 댓글에서 자작나무 타는 냄새가 솔솔 납니다.

-아케론.com 주인장이 광고질 해대는 겁니다. 하이테크 스팸이에요.

-저런 데 의뢰하면 집안뿌리 다 뽑힐 겁니다.

-ㅅㅂ, 거기 주인장 놈 나랑 인터넷 즐겨찾기가 비슷한가 봐요. 내가 가는 곳마다 도배가 돼 있네.

-오빠, 외로운 밤에 전화주세요. 070-XXXX-XXXX

-오빠, 외로운 밤에 전화주세요. 070-XXXX-XXXX

-오빠, 외로운 밤에 전화주세요. 070-XXXX-XXXX

김정숙은 반신반의의 심정으로 아케론.com에 마우스를 댔다. 순간 마우스가 손바닥 모양으로 변했다. 그 주소로 곧장 갈 수 있다는 뜻이다.

*　　*　　*

"아아! 아파! 그만, 그만!"

남자의 호들갑에 박필용 관장이 잡았던 팔을 풀었다.

상대가 중고등학생이라면 귓등으로 흘려들을 비명이다. 하지만 사내는 삼십 대의 성인남자였다. 굳은 몸을 생각하면 정말 아플 수도 있는 것이다. 물론 순도 높은 엄살이라고 해도 그 정도는 봐줘야 한다. 체육관에 등록한 몇 안 되는 어른이니까.

그래도 한마디 하는 것을 빼놓지는 않았다.

"강유진 씨, 너무 엄살이 심해요."

"어우! 관장님, 진짜 아팠다니까요."

강유진이 오른팔의 관절을 주무르며 중얼거렸다.

"하하, 그래도 그렇게 해줘야 관절이 유연해집니다. 어른들은 관절을 안 써서 딱딱하니까, 그렇게라도 풀어줘야 해요. 다음!"

박 관장의 부름에 고등학교 2학년인 최지우가 주춤주춤 걸어 나왔다.

"공격해 봐."

"……."

머뭇거리던 최지우가 박 관장의 얼굴로 주먹을 내질렀다.

박 관장이 날아오는 최지우의 주먹을 잡으며 어깨로 슬쩍 메쳤다. 최지우의 몸이 공중에서 크게 회전하며 바닥으로 떨어졌다.

철푸덕.

곧이어 박 관장이 잡고 있던 최지우의 팔을 뒤로 꺾었다.

"아악! 윽!"

"참아, 인마! 아직 힘도 안 줬는데 웬 엄살이야!"

"으으! 진짜 아프다고요!"

"참아, 이제 힘 들어간다."

"으아아악!"

박 관장이 손에 힘을 주는 만큼 최지우의 얼굴도 검붉게 달아올랐다.

팡팡팡.

최지우의 손이 미친 듯 매트를 때렸다. 살려달라는 항복의 선언이다.

하지만 박 관장은 최지우의 관절에서 '뚜둑' 소리가 난 뒤에야 만족한 얼굴로 팔을 풀었다.

"으아! 아파요! 진짜 아파 죽겠어요!"

최지우가 도장 안을 떼굴떼굴 굴러 다녔다.

박 관장은 그런 최지우의 절규에 아랑곳하지 않았다.

"우하핫! 너희들은 어리니까 그 정도로는 아무렇지도 않아. 자꾸 관절을 써주면 더 유연해져. 나는 경험이 많아서 부러지게 하지 않으니까 안심해. 너희는 고통만 조금 참으면 돼. 누누이 말하지만 관절기의 고통을 몸으로 체득(體得)해서 아는 거! 이게 중요해! 고통의 강도를 알아야 기술을 걸 때 상대의 상태를 알 수가 있다고. 자기가 얼마나 아픈지 모르면, 관절기를 쓰다가 상대의 팔을 부러뜨릴 수도 있어. 다음!"

체육관의 꽃이라 불리는 여고 1학년 이지현이 조심스럽게 나섰다.

"관장니임~ 아프지 않게 해주세요."

"지현아, 그런 말 누가 들으면 오해한다. 그리고 합기도는 원래 아프게 배우는 운동이야. 공격해."

"……."

이지현이 가볍게 인상을 찡그렸다. 필살의 재롱이 먹히지 않은 까닭이다. 그런 게 통하지 않는 사람이란 걸 알고 있었지만, 그래도 서글펐다.

긴장한 이지현은 소심하게 주먹을 내밀었다.

박 관장의 투박한 손이 이지현의 가녀린 주먹을 움켜잡았다.

곧이어 이지현의 몸이 공중에 붕 떴다가 바닥으로 떨어져 내렸다.

철퍽.

박 관장은 이지현의 팔도 인정사정없이 뒤로 꺾었다.

"꺄아아악!"

여고생의 찢어지는 듯한 비명이 도장 안에 울려 퍼졌다.

강유진의 뒤에 서 있던 최지우가 나지막이 중얼거렸다.

"어휴, 짐승이야……."

저녁 10시가 되자 고되던 성인반의 수련이 끝났다. 9시에 나와서 늦게까지 수련하던 고등학생들이 하나 둘 돌아갔다.

"강유진 씨, 고등학교 애들과 함께 배우는 것도 괜찮죠?"

"예, 체격은 저보다 좋던데요 뭐."

박 관장이 다가오자 강유진은 들고 있던 역기를 내려놓았다. 체육관의 폐관시간이 되니 박 관장도 심심했던 모양이다.

"몸집이 작은 중학생들하고 운동하는 거보다 체격이 비슷한 성인들과 하는 걸 더 좋아하는 고등학생들이 있거든요. 성인반의 수가 없으니까, 서로에게 좋은 거죠."

"저도 그렇게 생각합니다."

"열심히 하시네요. 요즘은 어른들이 헬스를 다니지 체육관에는 잘 안 나와요. 여기도 헬스장에 있는 시설은 다 있는데."

"그러게 말입니다."

박 관장이 지나가는 투로 말했다.

"술이라도 한잔 할까요?"

"예? 어디서요?"

"저기 관장실에서 잠깐 마시죠 뭐. 집사람이 이 시간에 나가서 술 마시는 걸 싫어해요."

"하하, 좋습니다. 술을 잘 못하니까 너무 권하지는 마십쇼."

"응? 강유진 씨 술 못해요?"

"소주 한 병이 정량입니다. 더 마시면 땅이 막 일어나더라고요."

"푸하하! 저도 그 정도 주량밖에 안돼요. 집사람더러 김치찌개 좀 데워달라고 할게요. 저녁에 먹었는데 맛있더라고요. 먼저 들어가 있어요."

박 관장이 체육관 한쪽에 있는 사택으로 향했다.

강유진도 탈의실에서 옷을 갈아입고 관장실로 들어갔다.

벽에는 박필용 관장의 단증과 젊은 시절 수련할 때의 사진이 걸려 있었다. 대부분이 이십 대에 찍은 사진들 같다. 사진 속의 박필용 관장은 심각한 표정으로 검, 도, 창, 쌍절권 등을 들고 있었다. 합기도 체육관의 관장이 되기 위해 그가 어떤 노력을 했는지 느껴졌다. 절로 숙연한 마음이 들었다.

시선이 자연스럽게 책상 위에 있는 칼로 향했다. 세 자루가 진열되어 있었는데 아쉽게도 모두 일본도(日本刀) 같았다.

그중 하나를 꺼내 조금 뽑아보았다.

투명한 몸에서 서늘한 빛이 흘러나왔다.

아! 이게 바로 영화나 TV에서나 보던 진검(眞劍)인가! 칼에서 뿜어져 나오는 기이한 오라에 소름이 살짝 돋았다.

…….

강유진이 몽롱한 눈으로 검신을 바라보고 있을 때다.

"그거 200만 원짜리 칼이에요."

박 관장이 김이 모락모락 나는 노란 냄비를 들고 들어왔다. 맛있게 먹었다는 그 김치찌개인 모양이다.

"휴! 이게 200만 원이나 해요?"

"하하, 그거도 싼 편이에요. 저쪽 벽에 걸린 칼 보이죠?"

"네."

박 관장이 냄비를 내려놓으며 활짝 웃었다.

"그건 800만 원짜리예요. 내 물건 중에 제일 비싼 거죠. 일본에서 직접 가지고 온 거예요."

"헐! 진짜 비싸네요."

"에이, 비싼 것도 아니에요. 더 비싼 칼도 많아요. 한 잔 받으세요."

박 관장이 술잔을 내밀었다.

강유진은 두 손으로 공손히 잔을 받았다. 박필용 관장의 나이가 사십 대 초반이니 한참 형님뻘이었다.

잔에 소주가 가득 차올랐다.

강유진은 잔을 내려놓고 박 관장의 잔에 술을 따랐다.

"전에 성인 관원들이 많을 때는 운동 끝나고 여기서 자주 술을 마셨어요. 더 마시고 싶을 때면 나가서 마시기도 했고……. 이젠 같이 술 마실 어른도 별로 없네요."

"제가 술을 좋아하지 않아서 좀 아쉬우시겠습니다."

술잔을 비운 박 관장이 고개를 저었다.

"그렇지도 않아요. 나도 술을 잘 안 마시는 편이니까. 그냥, 어른들이 모여서 같이 세상 사는 얘기하는 분위기가 좋았던 거죠.

다른 자리에 가면 말 한마디 할 때도 눈치를 봐야 하지만, 여기서는 그럴 필요가 없잖아요."

"그건 그렇네요."

…….

박 관장이나 강유진은 김치찌개에 한 맺힌 사람들처럼 부지런히 찌개를 퍼먹었다. 맛도 있었지만 아직 친하지 않은 사이인지라 딱히 할 얘기가 없었던 탓이다. 사실 지금의 자리는 좀 친해두자는 박 관장의 배려이기도 했다.

"그런데 진검은 원래 비싼가요?"

"아니에요. 싼 건 20만 원짜리도 있어요. 중국에서 만들어져 들어오는 건 더 싼 거도 있을 거예요. 하나 사시게요?"

"그러고 싶지만 진검 쓰는 법을 배운 적이 없어서. 전통검도 가르치는 곳이나 다니면 모를까……."

"전에는 도장에서 성인들을 대상으로 진검으로 거합도(居合道)를 가르쳤었어요. 그때는 성인 유단자들에게만 가르쳤는데, 강유진 씨는 고등학생 때 검도를 했었다니까…… 바로 배워도 괜찮을 거예요. 거합도 배워보실래요?"

"에이, 학생 때 겨우 석 달 했었는데요."

"그 정도면 충분해요. 검도를 아예 모르는 사람보다 훨씬 낫잖아요."

"그, 그런가요."

강유진이 멋쩍게 웃었다.

박 관장도 '정답은 아닌데 반론하기 어려운 기술'을 천연덕스럽게 사용한다. 처음부터 뭔가 통하는 느낌이 들더니 자신과 닮아서 그랬던 모양이다.

"그런데 거합도면 일본의 검술이죠?"

"네, 복잡하지 않고 간단해요. 진검 수련이니까 잡생각만 하지 않으면 사고도 없을 겁니다."

"복잡하지 않나요?"

"따지고 보면 거합도는 칼을 뽑아서, 베고, 다시 집어넣는 게 전부예요. 단순하고 실용적이죠. 사실 검술이란 게 형식을 얼마나 많이 알고 있느냐 하는 거보다…… 얼마나 잘 뽑고, 잘 베느냐가 중요하죠. 잘 베는 건 보통의 노력으로는 안 돼요. 그래서 거합도는 쉬워 보이지만 어려워요. 짚단이나 대나무를 베는 게 보기와 달리 아무나 못 하는 거거든요."

"그럼 저도 진검을 구해야 하는 거죠?"

"사두면 좋죠. 남자의 로망은 칼이잖아요. 구입하고 싶으면 내가 아는 곳에다가 말해둘 테니까……. 칼이 만들어지기 전까지 당분간은 내 칼을 써요. 나한테 칼이 많으니까."

"저기 있는 칼 중에서요?"

강유진이 책상과 벽에 있는 칼들을 가리켜 보였다.

"네. 길이가 다르니까, 뽑아보고 몸에 부담이 적은 것으로 골라 두세요.”

박 관장은 의외로 칼에 미련이 없어 보였다.

저렇게 많은 칼을 수집한 사람이 담담한 표정으로 골라 쓰라니?

지나친 호의이든지, 이해하기 어려운 생활태도다. 어느 쪽이든 사양할 이유는 없었다.

“그럼, 저도 20만 원짜리로 하나만 부탁드릴게요.”

“그래요. 기왕이면 칼에 이름까지 새겨오라고 할게요. 그런데 칼을 받으면 관할 경찰서 가서 등록해야 해요. 도검(刀劍)등록 하는 데 결격 사유 같은 거 없죠?”

박 관장이 야릇한 눈으로 강유진을 바라보았다. 혹시나 도검등록에 문제가 있으면 지금이라도 털어놓으라는 눈빛이다.

“전혀 없어요. 법을 잘 지키면서 살았거든요.”

“착하게 생겨서 그럴 줄 알았습니다.”

“쩝, 평범하게 생겼죠.”

“그게 좋은 거예요. 나는 좀 날카롭게 생겨서 쓸데없는 검문을 많이 받고 살았어요. 지금 마누라하고 결혼하기도 엄청 힘들었어요. 처가(妻家)에서 심하게 반대를 해서…….”

박 관장이 고개를 절레절레 흔들었다.

강유진은 묵묵히 고개를 끄덕였다. 아닌 게 아니라 박 관장의 얼굴은 비범하다. 본인은 날카롭다고 했지만 제삼자의 눈에는 흉악(凶惡) 그 자체다. 하지만 그런 얼굴과 달리 덜 친한 사람에게는 꼬박꼬박 존대를 할 정도로 성품이 유순했다.

“그런데 강유진 씨는 왜 합기도를 배우는 거예요? 전에 배워본 것도 아니라면서? 늦은 나이에…….”

“요즘처럼 험한 세상에 호신술 하나쯤은 배워둬야죠.”

“흠, 단순히 호신술 차원은 아닌 것 같던데…….”

뭔가 사연이 있다고 지레짐작한 눈이다.

강유진이 머리를 긁적였다.

미술관에서의 일을 겪으면서 알게 된 것이 있다. 그것은 자신의 몸에 있는 타이탄의 능력이 핵폭탄 급의 위력을 가지고 있다는 것이다. 남의 눈에 보이는 것도 신경 쓰이지만, 몽둥이가 필요한 상황에서 전략핵무기를 사용할 수는 없지 않은가?

얼마 전 김준표를 상대할 때는 클레베스로 몸을 보호해서 눈에 띄지 않았다. 하지만 단순히 자신의 맷집만 믿고 살아가기에는 세상이 녹록지 않다. 상대가 여럿이 될 수도 있고, 자신에게 시간이 없을 수도 있기 때문이다. 그래서 선택한 것이 합기도였다. 우주 최강의 보호막에, 상대를 빨리 제압하는 기술까지 익혀두면 완벽하지 않겠는가!

“제가 미술관 경비 일을 하고 있잖아요. 다른 경비원들은 다들 유단자들인데, 저만 군대 태권도라서…… 하나쯤 따두려고요.”

“아! 맞다. 단증이 있으면 승진도 빠를 겁니다.”

“겸사겸사…….”

강유진이 어색하게 웃어 보였다.

처음에는 통할까 싶었는데 박 관장의 반응을 보니 제대로 먹힌 느낌이다.

그런데 고개를 끄덕이던 박 관장이 갑자기 정색을 하고 말했다.

"그럼 내일부터 한 타임 일찍 나와요."

"한 타임 일찍요?"

"강유진 씨는 중고등학생들이 오는 7시에 오세요. 7시부터 10시까지 지도해 드릴게요. 두 타임 뛰세요."

"헉, 세 시간이나요?"

"단증을 최대한 빨리 따야죠. 그렇게 석 달 정도 하면…… 12월에는 단증을 딸 수 있어요."

"아! 단증요?"

일이 조금 이상한 방향으로 튀는 느낌이다.

'그렇게까지 단증이 절박하지는 않다'는 말이 목구멍까지 올라왔다. 하지만 박 관장이 베푸는 인간적인 호의를 거절할 수는 없었다.

"하아, 석 달 정도 열심히 하면 된다는 말씀이시죠?"

"네."

단호한 박 관장의 대답에 강유진이 다시 물었다.

"합기도 단증은 어디서 따는 건가요?"

"여기가 무극관 총본관이라서 어지간한 건 여기서 다 해요. 내가 총관장이니까.”

“오오! 몰랐습니다. 여기가 총본관이면 지부도 있어요?”

“험, 지부는 아직 없어요. 지금 있는 제자들 중에 체육관 하겠다는 사람이 나오면…… 지부를 세워주려고요.”

“아, 그렇군요.”

결국 ‘나 홀로 총본관’ 이라는 소리다.

분위기가 조금 이상해지자 박 관장이 화제를 돌렸다.

“석 달 정도…… 남들 두 배로 배우면 1단은 딸 수 있을 거예요.”

“알겠습니다.”

강유진은 박 관장의 말대로 세 시간씩 배우기로 마음먹었다. 사실 ‘아케론닷컴’ 의 운영을 생각하면 조금이라도 더 배워두는 게 좋았다.

“승단 심사비는 성인이 18만 원입니다.”

“아, 심사비…… 혹시 떨어질 수도 있나요?”

심사비가 18만 원이나 된다니 본전 생각이 났다. 돈만 내고 떨어지면 손해가 아닌가!

그런 염려를 알기라도 한 듯 박 관장이 힘주어 말했다.

“한국말만 잘 알아들으면 탈락할 일은 없어요.”

“…….”

총본관에서의 승단이 언어능력 테스트였다니? 안도감과 함께 뭔지 모를 허망함이 밀려왔다. 단돈 18만 원으로 1단을 사는 기분이다.

'싼 건가? 비싼 건가?'

제4화

실종

강유진은 한동안 미술관과 체육관을 오가는 단조로운 생활을 했다. 아케론닷컴을 방문하는 사람은 점점 줄어들어 나중에는 하루 방문객이 1로 떨어졌다. 강유진은 그 1이라는 숫자가 임지연일 거라고 막연하게 생각했다.

그동안 임지연은 자신이 올린 글을 지우고, 그 자리에 감사의 인사를 올려놓았다. 물론 구체적인 감사의 내용은 적혀 있지 않았다. 임지연은 '어려운 일을 해결해 주셔서 감사합니다. 아케론닷컴이 더욱 발전하기를 바랍니다' 라고 적어 놓았을 뿐이다.

임지연의 일을 처리한 이후로 강유진은 합기도를 배우느라 홍보 활동을 게을리 했다. 삼십 대의 직장인에게 하루 세 시간의 합기도 훈련은 쉬운 일이 아니었다. 알게 모르게 강유진의 신체가 변한 것은 사실이지만, 운동과 담을 쌓고 살던 강유진에게 매일 세 시간의 격투기는 중노동보다 더한 것이었다.

일주일쯤 지나자 강유진의 몸도 격한 생활에 적응이 되기 시작했다. 강유진은 다시 아케론닷컴의 홍보에 열을 올렸다. 하지만 일일 방문객의 숫자는 10을 넘지 않았다. 홈페이지를 개설한 지 한 달이 지났지만 정식으로 회원가입을 한 사람은 임지연뿐이었다.

습관처럼 아케론닷컴에 로그인을 하던 강유진의 입에서 탄성이 흘러나왔다.

"엇! 신규회원이다!"

소리를 지를 만도 하다. 운영자의 이름 아래에 회원 숫자가 2라고 적혀 있었다. 신규회원이 하나 더 늘어난 것이다. 심장이 세차게 요동쳤다.

아케론닷컴의 글을 읽는 것은 방문객도 가능하다. 하지만 의뢰 게시판인 '임파서블 미션'에 글을 남기려면 회원가입이 필수다. 누군가 의뢰를 했을지도 모르는 상황이었다.

"있다!"

임지연의 감사인사 아래에 새 글이 반짝이고 있었다.

글의 제목은 '도와주세요'였다.

강유진은 웃음을 애써 참으며 마우스를 가져갔다. '타인의 고통을 웃는 얼굴로 대해서는 안 된다' 는 생각에서다.

[제게는 하나뿐인 아들입니다. 아빠가 교통사고로 죽은 뒤에 집을 나가서 못된 친구들과 어울리는 것 같습니다. 아들이 못된 친구들과의 관계를 정리하고 집으로 돌아오게 해주실 수 있나요? 꼭 좀 도와주세요. 돈은 얼마가 들어도 상관없습니다. 아들을 되찾아 주세요.]

강유진이 인상을 찡그렸다.

읽을수록 안타까운 사연이다. 더 안타까운 것은 의뢰인의 연락처가 적혀 있지 않다는 점이었다. 이래서는 돕고 싶어도 돕지 못한다. 아케론닷컴은 회원가입 시에 주민번호나 전화번호를 묻지 않는다. 그러니 회원정보를 봐도 연락처가 없을 것이었다.

그래도 혹시나 하는 마음에 회원정보를 열어보았다. 하지만 그 속에 적힌 것은 달랑 김정숙이라는 이름 석 자뿐이다.

고민하던 강유진은 '도와주세요' 라는 의뢰에 '연락처를 알려주세요' 라는 댓글을 남겼다. 아쉽지만 지금으로서는 그게 자신의 최선이었다.

*　　*　　*

"아아! 이제 끝났네."

임지연이 기지개를 켜며 의자에서 일어섰다.

갑작스러운 시스템 에러로 지난 일주일간 쉬지 않고 작업에 매달렸다. 하필 자신이 관리하던 부분이라 엉망이 된 데이터의 복구를 다른 사람들에게 맡길 수도 없었다. 그래도 힘들다는 것보다 고칠 수 있어 다행이라는 생각이 더 컸다. 아무도 가지 않은 길을 가고 있으니 도움을 주고받을 곳이 없는 까닭이다.

"어이! 이제 끝난 거냐?"

선임 연구원 김용우 박사가 웃으며 관심을 보였다. 에러를 일으킨 임지연의 시스템이 개발의 핵심이니 그럴 수밖에 없다.

"네, 그런데 왜 에러가 생겼는지는 모르겠어요."

"쯧! 플라즈마 에너지의 안정성만큼이나 문제가 많은 데이터라니까."

"선배님, 그래도 제대로 복구가 된 걸 보면 우리가 바른 길로 가고 있다는 생각이 들지 않아요?"

나노융합 연구의 일인자로 알려진 석좌교수 최일도 박사가 고개를 끄덕였다.

"그건 임 박사 말이 맞아. 카오스 이론도 불규칙이라는 규칙을 응용하면 상용화가 되니까. 나노융합 플라즈마 에너지의 불안정성에 대한 FPS 2010 데이터는 중요한 거라고. 그걸 일주일 만에 복구했다는 건 나름의 규칙을 찾아냈다는 말과 같아. 우리 연구실의 꽃인 임 박사가 아니면 아무도 못 할 일이지."

"최 박사님, 정말 상용화가 될 수 있겠습니까?"

김용우 박사가 반신반의의 표정으로 최일도 박사를 바라보았다.

세계 최고의 과학자들이 불가능하다고 한 일을 -고작 한국에 있는 대학원의 작은 연구소에서- 진행하고 있기 때문이다.

"흠, 어떤 문제를 풀 때마다 과정이 달라지면…… 그걸 공식이라고 부르지 않네. 하지만 그 문제를 같은 패턴으로 풀어내면…… 그리고 누구라도 그 패턴으로 문제를 풀 수 있게 된다면…… 그때는 하나의 공식이 되는 거지. 임지연 시스템인 FPS 2010은 나노융합 플라즈마 에너지의 불안정성에 대한 공식이 될 수 있네. 불안정한 나노융합 플라즈마 에너지의 패턴이 밝혀지면, 상용화도 꿈은 아니지."

"그러니까 그게 우리가 살아 있는 동안에 가능하겠냐는 말입니다."

"임 박사가 일주일 만에 시스템 데이터를 복구했으니까…… 이삼 년 안에 프로토타입이 제작될 수 있을 거라고 보네."

"헉! 그렇게나 빨리요?"

"이삼 년요?"

모든 연구원들이 하던 일을 멈추고 고개를 돌렸다. 막연히 '먼 훗날' 이라고 생각했는데 이삼 년 안에 될 거라니 놀라고 만 것이다.

"아니, 왜들 그렇게 놀라나? 다들 연구만 하다가 은퇴하려고 했던 거야? 지금까지 고생했는데, 우리도 남들처럼은 살아봐야지."

"와아! 진짜 얼마 안 남았네요?"

"그러게, 상용화라니…… 믿어지지가 않는군."

연구실이 소란스러워지자 임지연은 자리에서 일어났다. 몸이 파김치처럼 늘어져서 그만 집으로 돌아가 쉴 생각이었다.

김용우 박사가 그런 임지연을 발견하고는 물었다.

"임 박사, 벌써 들어가려고?"

"네, 일한다고 며칠 잠을 제대로 못 잤더니 머리가 다 아프네요."

김용우 박사가 젊은 연구원들을 둘러보며 말했다.

"어이! 임 박사 쉬러 간다는데 누가 에스코트 좀 해주지 그래."

젊은 연구원 하나가 손을 들어올리자 임지연이 손사래를 쳤다.

"어휴! 아니에요, 됐어요. 이제 5시밖에 안됐는데 무슨 에스코트예요. 오늘은 그냥 혼자 갈게요."

"그래도 괜찮겠어? 요즘 좀 신경 쓰는 거 같던데."

김용우 박사가 걱정스럽게 바라보았다.

"아니에요. 피곤해서 예민했었던 거 같아요."

"찜찜하면 언제든지 말해. 대학원이나 연구소 경비원들이라도 붙여주라고 할 테니까."

"정말 괜찮아요. 주차장까지 몇 분 걸리지도 않아요."

임지연이 최일도 박사에게 고개를 돌렸다. 최일도 박사가 연구실의 책임자였기에 허락을 받고 가려는 것이다.

"최 박사님, 저 먼저 들어가도 괜찮겠죠?"

"고생했네. 여긴 신경 쓰지 말고 가서 푹 쉬게."

"그럼, 먼저 가볼게요."

임지연은 연구원들에게 눈인사를 하고 연구실을 빠져 나갔다.

연구소 정문을 나서며 시계를 보니 5시 15분이다.

"와! 날씨 좋다."

임지연이 두 팔을 벌리며 가을 공기를 들이마셨다.

두통은 거짓말처럼 사라졌다. 머리까지 개운해지자 절로 미소가 지어진다.

오늘따라 세상이 아름답게 보인다. 두꺼운 원서를 옆에 끼고 걷는 학생들의 뒷모습도, 수다를 떨며 지나가는 여학생들의 얼굴도 예쁘기만 했다.

'어라? 나도 나이를 먹은 건가?'

"에이, 설마! 쳇!"

그 흔한 미팅 한번 못 해보고 연구실에서 보낸 청춘이 서럽기만 하다.

"왜 나 좋다고 따라다니는 남자가 없지? 내가 어디가 어때서?

쳇!"

툴툴거리던 임지연이 씩씩하게 걷기 시작했다.

'응?'

몇 걸음 걷던 임지연이 고개를 뒤로 돌렸다. 누가 보고 있는 것 같은 느낌에서다.

하지만 딱히 눈에 띄는 사람이 없다. 평범하게 생긴 남녀 대학생들과 지역 주민들이 바쁘게 오가고 있을 뿐이다.

고개를 갸웃거리던 임지연의 걸음이 빨라졌다.

주차장에 들어서자 불안하던 마음이 조금 가라앉았다.

멀리 은색 아스톤 마틴 DB9(Aston Martin DB9)의 유려한 몸체가 보인다. 영화 속에서 007이 타던 바로 그 차다.

임지연은 다시 한 번 주변을 둘러보았다.

역시나 아무도 보이지 않았다. 그제야 안도의 한숨이 흘러나왔다.

"하아!"

곁에 사람이 없을 때가 무섭던 시절도 있다. 그러나 지금은 안다. 세상에 사람만큼 무서운 것도 없다는 사실을.

임지연이 운전석의 문을 열었을 때다.

"임지연 박사님?"

뒤쪽에서 누군가 불렀다.

맑고 선량한 음성인지라 임지연은 자연스럽게 뒤를 돌아보았다. 대학 관계자가 자신을 알아보고 인사한 것이라고 생각한 것이다.

파지지직.

순간 스턴건 사브르(SABRE)에서 흘러나온 50만 볼트의 고압 전류가 임지연의 목줄기로 파고들었다.

임지연은 상대의 얼굴도 확인하기 전에 정신을 잃었다.

남자가 쓰러지는 임지연을 부축했다.

그리고 미리 주차해 두었던 회색 랜드로바의 뒷문을 열고, 임지연을 밀어 넣었다.

털썩.

임지연의 손에서 흘러내린 붉은색 프라다 키홀더가 바닥에 떨어졌다.

키홀더를 발견한 남자가 발끝으로 툭 건드렸다.

키홀더는 임지연의 승용차 아래로 사라졌다.

곧이어 남자는 조금 열려 있던 아스톤 마틴의 운전석 문을 가볍게 닫았다.

그리고 왼손을 들어 손목에 찬 시계를 힐끔 바라보았다.

지금까지 걸린 시간은 오 초 남짓.

남자가 만족한 표정으로 고개를 끄덕였다.

잠시 후 남자가 짙게 선팅이 된 랜드로바의 운전석에 올라탔다.

*　　*　　*

대전둔산경찰서 형사과 1팀 반장인 최병도가 긴장한 눈으로 장내를 둘러보았다.

대전둔산경찰서장과 수사지원팀, 정보과는 물론 지금까지 단 한 번도 본 적이 없는 서울지방경찰청 광역수사대의 형사들까지 자신의 입만 바라보고 있었다.

“조금 전에 보신 것은 국립과학기술대학원 나노융합연구소 연구원 임지연 박사가 실종되던 날, 즉 어제 오후 5시 18분의 연구소 인근 주차장 CCTV 녹화 영상입니다. 보셨다시피 결정적인 순간이라고 할 수 있는…… 오 분 삼십 초 분량의 녹화가 강력한 노이즈 현상으로 형체조차 파악하기 어려운 실정입니다. 감식반에서는 복원이 불가능하다고 합니다.”

정보과의 박철원 과장이 슬쩍 거들었다.

“누군가 의도적으로 지워버린 것이라 복구를 할 수가 없다고 합니다.”

광역수사대에서 파견을 나온 이극렬 경위가 무거운 음성으로 물었다.

“말씀 중에 죄송합니다만…… 우리가 자체 조사한 바에 따르면 임지연 박사님이 상당히 중요한 연구를 하고 있었다고 하던데요. 벌써 하루가 지났는데 우리끼리 대책회의를 하고 있어도 괜찮은 겁니까?"

이극렬 경위는 뭐가 마음에 들지 않는지 잔뜩 인상을 찡그리고 있었다.

최병도 반장이 어색한 미소로 답했다.

"그렇지 않아도 어젯밤에 국정원에서 한차례 다녀갔습니다. 국정원에서 보낸 자료에 따르면…… 어제 오후 5시 45분경 누군가 철벽보안시스템의 메인서버에 불법접속을 시도했습니다. 철벽보안시스템은 국립과학기술대학의 CCTV를 설치 관리하는 보안전문 회사입니다. 그런데 철벽과 국정원 측이 합동으로 해킹 루트를 역추적한 결과…… 일곱 개국을 경유했지만…… 최초의 접속지는 만년동 상암 아파트로 나왔습니다. 물론 임 박사님 집의 컴퓨터에서도 철벽에 접속한 흔적이 남아 있었고요."

이극렬 경위의 눈이 휘둥그렇게 떠졌다. 최병도 반장의 말대로라면 임지연 박사가 철벽에 해킹해서 주차장의 영상 기록을 지운 것이기 때문이다.

"그럼 이 모든 소동이 자작극이라는 말입니까? 임 박사가 왜 그런 일을?"

"임 박사는 자신의 논문으로 시작된 나노융합 플라즈마 에너지의 상용화 문제로 상당한 스트레스를 받고 있었다고 합니다. 나노융합 플라즈마 에너지는 오십 년 후의 미래에나 가능할 것으로 여겨지는 에너지라고 하더군요. 국립과학기술대학원에서 비밀리에 연구실을 운영한 것도 그런 이유 때문이었다고 합니다. 그런 만큼 연구 실적에 대한 책임감도 남다를 것이라고 합니다."

최병도 반장이 잠시 장내를 둘러보았다. 임 박사가 짊어지고 있는 책임감의 무게가 얼마나 클지에 대해 생각해 보라는 배려에서다.

"연구는 삼 년간 차질 없이 진행되었다고 합니다. 그러던 중 임 박사가 개발한 시스템에서 치명적인 오류가 발견됩니다. 임 박사는 거의 일주일간 침식을 잊고 그 일의 해결에 매달렸습니다. 그리고 사건 발생일인 어제 오후 5시경 시스템의 오류를 수정, 복구해내는 데 성공합니다. 성공 직후, 임 박사는 휴식을 위해 연구실을 떠납니다. 연구원들의 증언에 의하면 그때 시각이 5시 10분입니다. 하지만 임 박사의 데이터는 다시 오작동을 일으키고 맙니다. 연구원 중 하나가 임 박사에게 그 사실을 전화로 알려주었다는군요. 전화국에 통화 내역을 확인해 보니 5시 18분경 통화한 기록이 남아 있었습니다."

"단지 시스템의 오작동 때문에 잠적했다는 말입니까? 그렇다면 임 박사는 왜 자신의 자동차를 주차장에 버려둔 겁니까? 어차피 이동 수단이 필요했을 텐데요."

"우선 잠적의 이유를 말씀드리자면, 시스템의 문제 때문만은 아닌 것 같습니다. 자신이 개발한 시스템에 대해서도 결과를 상당히 부풀린 것 같습니다. 실제로는 연구의 초기 단계에 불과한데, 연구원들에게는 완성한 것으로 보고했다고 하니까요. 그래서 연구원 모두가 이삼 년 이내에 미래 에너지의 상용화가 가능할 것으로 믿었다고 합니다."

"허…… 부풀렸다는 겁니까……."

이극렬 경위의 입이 쩍 벌어졌다. 한국에서 '연구 실적을 부풀렸다'는 것은 '사기를 쳤다'라는 말의 완곡한 표현이었다.

"그뿐이 아닙니다. 대성그룹도 자금압박을 심하게 받고 있습니다."

"하아! 충분히 알아들었습니다. 그런데 대성그룹의 자금압박과 임 박사는 무슨 관계가 있습니까?"

"대성그룹이 무리하게 사업을 확장하고 있다는 것은 어느 정도 알고 계실 겁니다. 무리한 기업 확장이라고 여러 번 언론에 오르내렸으니까요. 그런데 그 와중에 임 박사를 영입하기 위해 대규모 연구단지까지 조성했던 모양입니다. 국정원 요원은 임 회장이 벌인 신규 사업과 연구단지 어느 한쪽에 문제가 생기면…… 한국 경제에 대재앙이 초래될 거라고까지 하더군요."

"……."

이극렬 경위는 아무런 말도 할 수 없었다.

대성그룹과 임지연 박사에게 그런 문제가 있었다니? 자신이 이곳에 오게 된 것은 순전히 대성그룹의 압박 때문이다. 대성그룹은 임지연 박사의 신변에 이상이 생긴 것으로 철석같이 믿고 있었다.

모두가 임지연 박사의 부풀린 연구 실적 때문이다.

'빌어먹을 여자 같으니…….'

그것도 모르고 대성그룹에서는 그룹의 힘을 총동원해서 임지연을 찾고 있었다. 진실이 알려지면 대성그룹은 어떻게 될까?

순간 이극렬 경위의 얼굴이 굳어졌다. 임 박사가 자신이 벌인 일의 심각성을 알게 된다면 극단적인 선택을 할 수도 있다는 생각에서다.

아니나 다를까? 최병도 반장의 묵직한 음성이 귓가에 들려왔다.

"그리고 본인의 자동차를 두고 간 것은…… 이번 일이 꽤 오래전부터 준비된 것일 수도 있다는 생각입니다. 연구 결과에 따라, 자기가 어떻게 해야 할지 시나리오를 미리 만들어두었다면…… 알려지지 않은 대체 이동수단도 마련해 두었을 겁니다. 일단 임 박사의 자동차 아스톤 마틴은 쉽게 눈에 띄니까요."

'그렇군…….'

이극렬 경위는 최병도 반장의 의견에 전적으로 동의했다. 임지연 박사의 자작극이라고 생각하니 머릿속의 안개가 일순간에 걷히는 느낌이다. 부풀린 연구 실적, 실패, 기업의 과도한 투자…… 그 끝이 어떨지가 선명하게 그려졌다.

"그런 이유를 종합해 볼 때…… 국정원에서도 납치보다는 잠적에 더 비중을 두고 있는 것 같았습니다. 그쪽의 요원은 임 박사가 자살을 할 수도 있으니 최대한 빨리 찾는 게 좋을 거라고 하더군요."

"허! 자살이라니……."

"쯧, 작은 욕심이 아까운 사람 하나를 보내는 건가……."

"과학이…… 쉽지 않지……."

"이게 다 한국에서 기초과학을 무시해서 그래요."

"그게 또 그렇게 되는 거야?"

회의실에 있던 사람들이 술렁거렸다. 분위기는 거의 자살로 흐르고 있었다.

어느 정도 분위기가 정리되자 최병도 반장이 다시 말했다.

"아직은 잠적인지 납치인지 확정할 수가 없습니다. 일단은 둔산경찰서와 유성지구대, 서부순찰대지구대의 경찰력을 총동원해서 임 박사와 관계된 곳을 조사하고 있습니다. 어젯밤 11시에 지하철역과 시외버스 정류장, 고속도로 톨게이트에 형사들을 급파했습니다. 그리고 오늘 오전까지 CCTV를 조사했는데, 아직 임 박사가 대전을 빠져나간 것 같지는 않습니다."

누군가 한숨을 길게 내쉬었다.

"하아! 찾아도 고민, 찾지 못해도 고민인데……."

"……."

모두가 묵묵히 고개를 끄덕였다.

임지연을 찾으면 언론이 물고 늘어질 거고, 그 과정에서 관련 기업이 무너질 수도 있다. 만약 찾지 못한다면 경찰의 무능을 만천하에 광고하는 것이니 그것 역시 괴로운 일이다. 국정원에서 정보만 제공하고 슬며시 발을 뺀 것도 그런 이유에서일 것이다.

분위기가 조금 가라앉자 경찰서장이 자리에서 일어났다.

"최 반장, 결과는 생각하지 말고 무조건 임 박사를 찾아! 과학은 과학자에게, 기업은 기업가에게 맡겨. 우리는 우리가 할 일만 하자고. 경찰이 허수아비가 아니라는 걸 보여줘야지. 살아 있는 임 박사를 찾아내는 게 특별수사대의 지상과제(至上課題)야! 알겠나!"

"예, 알겠습니다."

"죽기 전에 찾으라고!"

"예!"

* * *

정말 미치겠어 미치겠어 너 때문에
내게 사랑만 던져놓고 다시 돌아올 줄을 몰라

조용하던 미술관에 갑자기 태사비애(殆死悲愛)의 음악이 흘러나왔다.

몇몇 관람객들이 소리의 진원지로 고개를 돌렸다.

경비를 서고 있던 강유진의 얼굴이 붉게 달아올랐다. 평소에 전화가 걸려오는 일이 없어서 진동으로 해놓는다는 걸 깜빡 잊은 모양이다.

강유진은 급히 바지주머니에서 휴대전화를 꺼냈다.

액정 화면에 모르는 번호가 떠 있었다.

“여보세요?”

“안녕하십니까? 기억하실지 모르겠습니다. 저 김준표입니다.”

“아, 김준표 씨. 기억합니다.”

강유진이 어색한 표정으로 주변을 살폈다.

예상치 못한 김준표의 전화에 당황한 것이다. 어떻게 자신의 연락처를 알았는지, 또 왜 전화를 했는지 이해할 수가 없었다.

‘혹시 치료비라도 달라는 건가?’

양쪽 팔목에 금이 갔으니 물고 늘어지기 위해 한 전화일지도 모른다는 생각이 들었다.

“그런데 무슨 일로 전화를?”

조마조마한 마음으로 물었는데 상대는 뜻밖의 대답을 했다.

“오늘 6시 퇴근으로 알고 있습니다. 맞으시죠?”

“오늘만이 아니라 평소 그 시간에 퇴근을 합니다.”

강유진이 차갑게 말하자 당황한 김준표가 말을 더듬었다.

“저어, 그게, 사실은 강유진 씨를 만나고 싶어 하는 분이 계셔서요. 실례가 안 된다면 오늘 저녁에 시간을 내주실 수 있으신지요?"

"미안합니다만 그쪽 분들과는 만나고 싶지 않습니다."

"하아, 네에, 불쑥 전화를 드려서 죄송했습니다. 대성그룹의 비서실에서 나온 분이 꼭 만나게 해달라고 사정을 해서요."

"대성그룹요?"

강유진이 고개를 갸웃거렸다. 대성그룹 비서실에서 자신을 만날 이유가 있을까? 무슨 내용인지는 모르겠지만 상대가 대성그룹이라고 하니 매몰차게 거절할 수도 없었다. 임지연과 관계된 곳이기도 하지만, 자신이 7년 동안 몸담았던 곳이기도 했다.

"네, 저희 회사 분이 아니라 대성그룹에서 뵙고 싶어 하는 분이 계십니다."

"알겠습니다. 어디로 가면 됩니까?"

"아, 감사합니다. 저희가 그쪽으로 가겠습니다. 6시 10분에 미술관 앞에서 뵙지요."

"알겠습니다. 그럼 근무중이라 이만 실례하겠습니다."

강유진은 전화를 끊고 다시 미술관 내부로 시선을 돌렸다.

밝은 조명 아래 잔잔한 음악이 흐르고 있다. 십여 명의 관람객들이 물고기처럼 미술품들 사이를 유영하고 있었다. 명품으로 휘감은 몸에 조명이 닿을 때마다 종류를 알 수 없는 보석들이 반짝였다. 미술관 밖의 바글거리는 세상과 어울리지 않는 별천지다.

'강남의 힘인가…….'

떨떠름한 표정으로 서 있는 강유진에게 큐레이터인 이지영이 다가왔다.

"어머, 아저씨 휴대전화는 시계인 줄 알았는데 전화를 해주는 사람도 있네요?"

"일단은 저도 사회인이니까요."

"오늘 데이트 약속했어요?"

"네, 퇴근 후에 만나자는군요."

"오! 누구?"

"저도 모르는 남자입니다. 전에 다니던 회사의 사람이라는 것밖에는."

"에이, 남자였어요? 그럼 그렇지. 나중에 봐요."

'나중에?'

이지영은 강유진이 뭔가 말을 하기도 전에 홱 돌아섰다. 그리고 관람을 하고 있던 중년의 부인들에게 돌아갔다.

곧이어 이지영이 무슨 소리를 했는지 중년의 부인들이 소녀처럼 '꺄르르' 웃음을 터뜨렸다.

몇몇은 아예 강유진을 향해 손까지 흔들어 보였다.

강유진은 이유도 모른 채 허리 숙여 인사를 해야 했다.

*　　*　　*

미술관을 나서자 검은색 세단이 다가와 멈춰 섰다.

곧이어 조수석의 문이 열리며 양 손목에 깁스를 한 김준표가 내렸다.

“강유진 씨, 오랜만입니다.”

“네, 손은 괜찮습니까?”

“하하, 이거요? 괜찮습니다. 사나흘 뒤면 깁스도 풀 겁니다.”

“다행이군요.”

강유진의 얼굴에 계면쩍은 미소가 떠올랐다. 겉으로 웃으며 괜찮다고 하지만 정말 그런지는 본인만 알 것이었다.

“아, 내 정신 좀 봐. 타시죠.”

김준표가 깁스를 한 손으로 뒷문을 열었다.

“제가 열어도 되는데…….”

강유진이 머리를 긁으며 중얼거렸다. 하얀 깁스가 자꾸 눈에 걸렸던 것이다.

김준표가 나지막한 음성으로 말했다.

“손은 다 나았습니다만 사장님이 풀지 말라고 협박을 해서 이러는 겁니다. 사실 약간의 홍보용이랄까요. 직원들이 이렇게 헌신적으로 일을 하고 있다는…….”

“아…….”

강유진이 알아들었다는 듯 고개를 끄덕였다. 어디까지가 사실인지는 모르겠지만 그래도 그 말을 들으니 마음이 놓였다.

강유진이 세단에 올라타자 김준표는 다시 조수석으로 돌아갔다.

검은 세단은 미끄러지듯 도로를 주행하기 시작했다.

세단이 움직이자 뒷자리에 앉아 있던 오십 대 남자가 운을 뗐다.

"말씀은 많이 들었습니다. 대성그룹 비서실에서 근무하는 임경수라고 합니다."

"강유진입니다."

"얼마 전까지 우리 대성그룹에서 근무를 하셨었다고 들었습니다. 능력 있는 분을 퇴직시켰다고 회장님께 야단 많이 맞았습니다."

"별말씀을요. 그런데 무슨 일로 저를 보자고 하셨습니까?"

"얼마 전에 우리 임 박사를 위해 일을 하셨다고 들었습니다. 사실입니까?"

"그랬습니다."

"강유진 씨와 임 박사 그리고 김준표 씨와의 일은 우리도 이번에 알았습니다."

"네."

강유진은 그 부분에 대해 딱히 할 말이 없는 관계로 고개만 끄덕였다.

'그건 그렇고 왜 나를 찾아온 것일까?'

강유진이 임경수의 의도를 생각하고 있을 때다. 청천벽력 같은 소리가 들려왔다.

"어제 임 박사가 실종됐습니다."

"네?"

"어제 오후 6시 무렵에…… 연구원 한 사람이 주차장에서 임 박사의 승용차와 그 아래에 떨어져 있는 키홀더를 발견하고 경찰에 실종신고를 했습니다."

"오후 6시에 실종신고를요?"

'성인에게 조금 이른 시간이 아닌가?' 하는 생각에서 되물어본 것이다.

"그럴 만한 일이 있었습니다. 일주일 정도 시스템이 오작동을 해서 임 박사가 불철주야 매달렸다고 하더군요. 그러다가 어제 오후 5시에 시스템 에러를 바로잡고 연구소에서 퇴근을 했다고 합니다. 분명히 퇴근을 한 사람의 차가 주차장에 그대로 있고, 키홀더까지 떨어져 있으니 신고를 한 거지요."

"임 박사님은 정말 실종된 겁니까?"

"강유진 씨가 보기에 임 박사가 자살을 할 사람으로 보였습니까?"

"예? 웬 자살이요?"

"임 박사를 가장 최근에 만나본 사람이 강유진 씨라서…… 물어보는 겁니다. 어땠습니까? 임 박사가 극도의 스트레스로 자살할 사람으로 보이던가요?"

"전혀요. 임지연 씨는 사춘기 소녀처럼 생기발랄했습니다. 갑자기 여기서 자살 이야기가 나오니 좀 당황스럽군요."

"제가 강유진 씨를 찾아오길 잘한 것 같습니다. 경찰과 국정원에서는 임 박사가 자살을 계획하고 잠적한 것으로 잠정 결론 내린 것 같았습니다."

"허, 그렇게 생각하는 이유가 뭐랍니까?"

강유진은 어이가 없다는 표정을 숨기지 않았다. 밝고 활달하던 임지연이 자살을 할 거라니? 말도 안 되는 소리였다.

"임 박사의 연구가 과장되어 있었다고 하더군요. 오십 년은 더 매달려야 가능한 이야기를 이삼 년이면 될 것처럼 발표했다는 겁니다. 그러다가 시스템의 계속된 에러로 더 이상 진실을 숨길 수 없게 되자…… 잠적한 것이라고 설명했습니다."

임경수는 대성그룹의 기업 확장이나 연구소 설립에 대한 말은 하지 않았다. 임지연을 믿고 있는 강유진에게 불필요한 정보였기 때문이다.

"제가 만나본 임지연 씨는 순수하고 정직한 사람이었습니다. 연구 결과를 과장하다니…… 아무래도 뭔가 내막이 있는 것 같습니다.”

“그렇게 생각하고 계신다니 다행입니다. 도와주십시오.”

“경찰에서 수사를 하고 있는데…… 제가 따로 도울 일이 있겠습니까?”

“경찰에서는 임 박사가 자살을 위해 잠적한 것이라고 했으니, 그런 쪽으로 파고들 겁니다. 그룹에서는 따로 넘버원에 의뢰를 했는데, 넘버원의 에이스인 김준표 씨가 강유진 씨를 강력하게 추천했습니다. 강유진 씨가 이번 일을 맡아주신다면 대성그룹의 역량을 총동원해서 지원하겠다는 게 회장님의 뜻입니다.”

임경수가 뜨거운 눈으로 강유진을 바라보았다.

그럴 수밖에 없다. 대성그룹의 사활이 걸린 문제였다. 임지연에게 무슨 일이 생기기라도 한다면, 언론과 경쟁사들이 하이에나 떼처럼 달려들 것이다.

그들은 이번 일을 무리한 기업 확장과 무모한 연구소 설립의 비극적 결말로 몰아갈 게 뻔했다.

“제가 어떻게 해주기를 원하십니까?”

“임 박사를 찾아서…… 우리에게 데려와주시면 됩니다.”

“…….”

강유진이 임경수를 물끄러미 바라보았다. 묘한 뉘앙스를 풍기는 말이다. 대성그룹에서도 임지연의 연구를 믿지 못하는 것일까?

그런 강유진의 마음을 눈치챈 임경수가 담담한 어조로 말했다.

"임 박사 본인을 위해서라도 가족들과 함께 있는 편이 나을 겁니다. 납치든 잠적이든…… 가족만큼 든든한 버팀목도 없을 테니까요."

"알겠습니다. 얼마나 잘 해낼지는 모르겠지만, 최선을 다하겠습니다. 그런데…… 미술관의 경비를 어떻게 해야 할지……."

자신이 갑자기 대전으로 내려가면 미술관은 관장과 큐레이터만 남게 된다. 이운학과 이지영의 호의를 생각하면 그것도 못할 짓이었다.

그러자 조수석에 앉아 있던 김준표가 나섰다.

"그 점은 걱정하지 마십시오. 강유진 씨가 이번 일을 맡아주시는 동안 넘버원에서 대체 인력을 보내드리겠습니다."

"아! 그런 방법이……. 그렇게 해주신다면 정말 감사하겠습니다."

뭔가 생각하던 임경수가 갑자기 주제를 바꿨다.

"오늘 아침 김준표 씨의 말을 듣고 강유진 씨가 개설했다는 아케론닷컴(아케론.com)에 들어가봤습니다. 좋은 일을 하고 계시더군요."

"아직 제대로 한 일도 없습니다."

"겸손하시군요. 임 박사가 남긴 감사의 글도 읽어봤습니다."

"……."

"사실은 저도 그곳에 의뢰의 글을 남겨놓았습니다. 미술관에서 일하시느라 아직 확인하지 못하셨지요?"

"아, 그랬나요?"

강유진이 어색하게 웃어 보였다.

갑자기 임경수가 정색을 하고 말했다.

"강유진 씨, 아니, 카론 씨라고 해야 하나요? 조금 늦었지만 정식으로 의뢰를 하겠습니다. 임 박사를 찾아주십시오."

"예, 알겠습니다."

강유진의 얼굴도 덩달아 굳어졌다.

아케론닷컴은 그 실체를 모르는 사람들에게 장난처럼 보일 수도 있다.

그러나 그 의뢰의 글에는 인간의 목숨이 달려 있었다.

잠시 후 임경수가 두툼한 서류봉투를 건네며 말했다.

"지금까지 특별수사반에서 조사한 내용입니다. 수사기록과 주차장 CCTV 복사본, 그리고 대성그룹의 이사들에게 발급되는 인피니트 블랙 카드가 들어 있습니다. 월간 신용한도액이 1억 원이니 금전적인 어려움은 없을 겁니다."

"감사합니다."

"아닙니다. 오히려 우리가 감사드려야지요."

잠시 후 세단이 정차했다.

강유진이 차에서 내리자 세단은 아무 일도 없었다는 듯 조용히 사라져 갔다.

우뚝 솟은 건물을 보니 서울역이다. 당장 KTX를 타고 대전으로 내려가달라는 뜻이리라.

"휴! 정보사회가 무섭긴 무섭군."

단 한 차례 만났을 뿐인데 자신이 일하는 미술관까지 찾아오다니? 그뿐 아니다. 임경수는 자신의 이력까지도 꿰뚫고 있었다. 만약 김준표가 악질적인 인간이었다면, 두 팔을 부러뜨린 일로 꽤나 시달림을 받아야 했을지도 모른다.

역사(驛舍)로 걸어가는 강유진의 마음은 무겁기만 했다.

실종된 임지연의 일도 그렇지만, 당장 자신의 사생활도 보호받지 못하고 있다는 생각에서다.

*　　　*　　　*

"만나보니 어떠셨습니까?"

김준표의 물음에 임경수가 담담한 어조로 말했다.

"솔직히 자네의 추천이 아니었다면 맡기지 않았을 걸세. 내가 믿는 건 그 남자가 아니라 자네의 안목이니까. MPRI(Military Professional Resources Inc: 미국 최대의 용병조직) 출신의 남자가 추천한 사람이니 믿을 수밖에……."

강유진을 만나보기도 전에 아케론닷컴에 의뢰를 한 것은 그런 이유에서였다. 막상 만나보니 실망감이 더 컸지만 말이다.

"그는 대단한 사람입니다."

김준표는 임경수 부회장이 강유진의 진면목을 알아주었으면 했다. 임경수가 전에 비서실에서 일한 것은 맞지만 지금은 부회장이다. 그가 어떤 생각을 가지느냐에 따라 강유진의 활용 가치는 무궁무진해질 것이었다.

임경수 부회장이 강유진에게 '비서실에서 일한다'고 소개한 것은 상대에 대한 경계심 때문일 것이다. 자신이 재벌임을 알면 강유진이 거머리처럼 달라붙을지도 모른다고 생각하는 것일까?

"쯧! 자네가 임 박사 곁에 남아 있었다면 이런 일도 없었을 텐데……."

"그랬다 하더라도…… 결과는 크게 달라지지 않았을지도 모릅니다. 경찰과 국정원까지 손을 쓸 정도면…… 보통 놈들이 아닙니다."

"만약 임 박사가 납치된 거라면 그렇겠지."

"부회장님은…… 임 박사가 잠적했을 수도 있다고 생각하십니까?"

"사람의 일은 모르는 법이니까. 자기가 낳은 자식도 믿을 수 없는 세상인데……. 회장님이나 나에게 임 박사는 여러 조카들 중에 하나일 뿐이야."

뭔가를 골똘히 생각하던 김준표가 독백이라도 하듯 중얼거렸다.

"잠적이든 납치든 강유진이 잘 찾아줄 겁니다."

"그러길 바랄 뿐이네."

제5화

남들이 보지 못하는 것

강유진은 대전으로 가는 KTX 안에서 마리나 미술관의 이운학 관장에게 전화를 걸었다. 이운학 관장에게는 집안 일로 급하게 대전에 갈 일이 있다고 했다. 경비의 빈자리는 넘버원 경호 회사의 지인이 와주기로 했으니 걱정하지 않아도 된다고 안심시켰다. 다행히 이운학 관장은 대수롭지 않게 받아들이는 것 같았다. '사위들에 대한 믿음으로 사람을 쓰는 일에 겁이 없다' 는 생각이 들 정도였다.

대전역에 내리자마자 전에 묵었던 드림 모텔을 찾아갔다.

모텔에서 간단히 샤워를 하고 옷을 갈아입었을 때다.

누군가 방문을 두드렸다.

"누구십니까?"

문밖에서 중저음의 남자 음성이 들려왔다.

"서울경찰청 광역수사대에서 나왔습니다."

"……."

잠시 멍한 얼굴로 서 있던 강유진이 문을 열었다.

사십 대 후반으로 보이는 사내가 신분증을 내밀며 말했다.

"이극렬 경위입니다."

"아, 그런데 무슨 일로?"

"강 선생님이시죠?"

강유진은 상대의 말에 고개를 끄덕였다. 강 선생이 자신을 가리키는 말이라는 것쯤은 되묻지 않아도 알 수 있었다.

"맞습니다만."

"강 선생님을 도우라는 연락을 받고 왔습니다. 잠시 안으로 들어가도 되겠습니까?"

"네, 들어오세요."

강유진은 이극렬 경위에게 누구의 지시로 왔는지에 대해서 묻지 않았다.

본래 어른들의 세계란 그런 게 아니던가. 목적지만 같으면 누구와도 동료가 될 수 있었다.

이극렬 경위가 침대 곁의 탁자에 걸터앉았다.

강유진은 주인의식을 발휘해 냉장고에서 음료를 꺼내 내밀었다.

“그렇지 않아도 무슨 일인가 싶었습니다. 서류만 가지고는 정확히 알 수 없으니까요.”

“보고서를 읽으셨다니 간단하게 요약해 알려드리겠습니다. 나중에라도 저와 만났다는 말은 어디 가서 하지 않으셔야 합니다.”

강유진이 가볍게 웃어 보였다. 역시나 예상했던 대로 정식 루트는 아닌 모양이다.

“그 정도는 알고 있습니다.”

“어제 오후 5시, 임 박사는 평소보다 일찍 퇴근을 했습니다. 그런데 6시경, 연구원 하나가 차에 두고 온 물건을 가지러 주차장으로 갔던 모양입니다. 그 연구원은 주차장에 임 박사의 차가 주차되어 있는 것을 발견하고 이상하게 생각합니다. 임 박사의 차를 둘러보던 연구원은 차 밑에서 임 박사가 가지고 다니던 키홀더를 발견하고, 즉시 경찰에 신고를 했던 겁니다.”

여기까지 단숨에 말한 이극렬 경위는 잠시 숨을 돌렸다. 이제부터 해야 할 이야기는 좀 더 복잡하고 신중한 것이었다.

“신고를 받은 경찰은 주차장의 CCTV를 수거해 조사를 했습니다. 강 선생이 받은 CD가 그것의 복사본입니다. CD 받으셨죠?”

“네.”

“조사를 해보니 5시 18분부터 약 오 분간의 기록이 지워져 있었습니다. 누군가 CCTV를 관리하던 회사의 보안시스템을 뚫고 들어가 삭제한 거죠. 경찰과 국정원의 조사 결과 임 박사가 유력한 용의자로 떠올랐습니다. 임 박사의 집에 있는 컴퓨터에도 로그인 기록이 남아 있었습니다. 즉, 임 박사 자신이 집으로 돌아와 CCTV를 삭제한 겁니다. 자신이 어떤 방법으로 사라졌는지 세상에 알리고 싶지 않았던 겁니다."

"……."

"현재 임 박사의 연구 결과는 거의 대부분이 과장된 것으로 드러났습니다. 임 박사가 개발한 시스템은 치명적인 오류로 이미 용도 폐기된 상태입니다. 임 박사는 그 시스템을 완벽하게 만들었다고 말했는데, 사건 당일에도 오작동을 일으켰던 모양입니다. 어제 오후 5시 18분에 연구원 중 하나가 시스템의 오작동을 통보해 줬다고 합니다. 그때쯤 임 박사는 자신이 더 이상 시스템을 컨트롤할 수 없다고 생각했던 모양입니다. 하지만 실패를 인정하기에는 너무 많은 일들이 임 박사의 주변에서 일어나고 있었습니다."

"무슨 일이?"

"국립과학기술대학원과 팀원들은 이삼 년 이내에 미래 에너지가 상용화될 것으로 철석같이 믿고 있었고, 대성그룹에서는 그런 임 박사를 위해 2천억 원을 투자해 대규모 연구단지까지 조성했으니까요. 현재 대성그룹의 재무상태는 창사 이래 최악이라는 평가를 받고 있습니다. 그런데 설상가상(雪上加霜)으로 2천억 원이나 날리게 생겼으니……."

한숨을 내쉬던 이극렬 경위가 단언하듯 말했다.

"미래 에너지의 상용화가 젊은 천재의 몽상에 불과했다는 것이 알려지면…… 임 박사도 과학계에서 손가락질을 받게 될 테지만…… 문제는 그뿐이 아닙니다. 대성그룹의 투자가들도 당장 자금을 회수하려고 들 겁니다. 그룹 하나가 해체되는 것도 시간문제지요. 임 박사의 입장에서는…… 죽고 싶은 게 당연한지도 모릅니다."

"……."

강유진은 이극렬 경위의 말에 현기증이 날 정도였다. 그의 말이 사실이라면, 자신이 임지연을 찾는다 해도 파국을 피할 수 없을 거라는 생각에서다.

"일단은 대전의 경찰 병력을 모두 동원해서 지하철과 고속도로 톨게이트의 CCTV를 조사하고 있습니다. 아직까지 임 박사가 대전을 빠져나간 흔적이 없으니, 분명 대전 어딘가에 있을 겁니다. 극단적인 선택을 하기 전에 임 박사를 찾아야 합니다."

이극렬 경위가 강유진을 바라보았다.

할 말을 다했으니 상대의 반응을 기다리는 것이다. 하지만 상대는 넋이 나간 표정으로 멍하니 앉아 있을 뿐이다.

이극렬 경위는 명함을 꺼내 탁자 위에 올려놓고 자리에서 일어섰다.

"여기에 연락처를 두고 가겠습니다. 제가 도울 일이 있으면 아무 때라도 전화주십시오."

"아, 예, 감사했습니다."

"별말씀을요. 먼 길 오셨는데 좋은 결과가 있기를 바랍니다. 혹시 임 박사가 갈 만한 곳에 대해 떠오르는 게 있으면, 제게도 귀띔을 좀 해주시고요."

"알겠습니다."

"그럼, 부탁하겠습니다. 서로 돕고 살아야지요. 안 그렇습니까?"

이극렬 경위가 의미심장한 눈으로 강유진을 바라보았다.

잠시 '서로 돕고 살자'는 말의 의미를 생각하던 강유진이 고개를 끄덕였다. 어쨌든 좋은 뜻임에는 분명한 말이 아닌가?

"옳으신 말씀입니다."

이극렬 경위가 손을 흔들어 보인 후 떠나갔다.

이극렬 경위가 나가자 강유진은 다시 보고서를 읽었다. 경찰의 자세한 설명을 들어서 그런지 당시의 장면이 머릿속에 그려지는 듯했다.

강유진은 내친김에 서류봉투에서 CD도 꺼냈다. 마침 모텔에 컴퓨터도 있으니 이 자리에서 확인할 생각이었다.

멀리 임지연의 아스톤 마틴이 보였다.

그 좌우로 수십 대의 차들이 들락거렸다. 문득 영상에 표시된 시간을 보니 4시가 조금 넘었다. 4시부터 실종 시간까지의 녹화

본인 모양이다.

아스톤 마틴 옆에 주차된 랜드로바가 영 신경 쓰인다.

얼마 지나지 않아 문제의 노이즈 화면이 나타났다.

시간을 확인해 보니 5시 18분.

오 분이 지나자 다시 밝아졌다.

주차장 안의 차들은 변함없이 자리를 지키고 있었다.

짙게 선팅을 한 랜드로바도 여전했다.

녹화는 정확히 5시 45분에 끝이 났다. 그 시간에 임지연이 아파트로 돌아가 CCTV 회사를 해킹했기 때문일 것이다.

유심히 화면을 살피던 강유진의 입가에 미소가 번졌다.

'잡았다! 저런 바보 같은 놈.'

강유진은 탁자 위의 명함을 집어 들었다. 이극렬 경위의 것이다.

두세 번 신호가 간 뒤 중저음의 목소리가 들려왔다.

"누구십니까?"

"안녕하십니까? 강입니다."

"아, 강 선생님, 어쩐 일이십니까?"

한 시간 전에 만났었는데도 이극렬 경위는 반가운 척을 했다.

"지금 복사해 주신 영상을 봤는데요, 이상한 장면이 찍혀 있더군요."

"이상한 장면요?"

이극렬 경위의 목소리에 긴장이 실렸다.
강유진이 의기양양하게 말했다.
“임지연 씨의 자동차 옆에 서 있던 랜드로바 기억나십니까?”
“네, 창문에 선팅을 짙게 했죠. 거기서 뭐라도 발견하신 겁니까?”
“자세히 보니 그 안에 남자가 하나 앉아 있었습니다. 재밌는 건 4시부터 5시 18분까지는 조수석에 앉아 있었는데, 노이즈 이후인 5시 23분부터 45분까지는 운전석으로 옮겼더군요. 그 남자가 임지연 씨의 실종에 관계된 게 틀림없을 겁니다.”
“정말입니까? 제가 금방 확인해 보고 다시 연락드리겠습니다.”
말과 함께 전화가 뚝 끊어졌다.
…….
“성질 급한 사람이네.”
고개를 설레설레 젓던 강유진은 다시 녹화 영상을 살펴보았다. 몇 번을 다시 봐도 마찬가지였다. 조수석에 있던 남자의 실루엣은, 노이즈 이후 앞좌석으로 옮겨가 있었다. 한 시간이 지나도록 그는 무엇을 기다리고 있었을까?
이극렬 경위가 전화를 한 것은 삼십 분 후였다.
“여보세요? 이 경위님, 확인해 보셨나요?”
“강 선생님, 혹시 남모르게 각성제 같은 거 복용하십니까?”
“아니요.”

"그럼 KTX에서 술이라도 드셨습니까?"

"아닌데, 왜요?"

"원본을 확인해 봤는데요. 랜드로바의 선팅 때문에 아무것도 확인할 수 없었습니다. 해상도를 아무리 올려봐도 검게 보일 뿐입니다. 대체 무슨 CD를 보고 남자가 왔다 갔다 했다는 겁니까? CD 겉에 뭐라고 적혀 있던가요?"

강유진은 급히 컴퓨터의 시디롬에서 CD를 꺼냈다.

"누가 유성펜으로 '철벽'이라고 흘려 쓴 글자가 보입니다. 초등학생이 쓴 것처럼 완전 악필(惡筆)인데요."

"……."

잠시 침묵하던 이극렬이 다시 말했다.

"CD는 내가 만든 게 맞네요. 다시 확인하시고, 전화주십쇼."

"……."

이번에도 이극렬 경위는 일방적으로 전화를 끊었다.

"뭐야, 이 사람?"

강유진이 황당한 표정으로 중얼거렸다.

굳이 해상도를 올리지 않아도 잘만 보였는데 웬 헛소리? 모텔의 구닥다리 컴퓨터로도 보이는 것이 경찰서에서 안 보인다니 말이나 되는 소리인가?

다시 시디롬에 CD를 넣었다.

드르르륵 소리와 함께 컴퓨터가 힘겹게 영상을 재생했다.

선팅 너머로 흐릿한 사내의 실루엣이 보인다.

조수석에서 운전석으로.

"이것들이 지금 장난하나?"

화가 난 강유진이 자리에서 벌떡 일어섰다. 뻔히 보이는 것을 안 보인다고 하다니?

CD를 들고 특별수사반으로 돌격해야 하나?

아니면 이대로 참아야 하나?

"아니지."

강유진이 세차게 고개를 흔들었다.

그전에 이극렬 경위가 왜 저걸 못 봤다고 하는지부터 알아내야 한다. 정말 못 보는 건지, 안 보는 건지를 알아야 대책을 세울 것이 아닌가.

강유진은 침착하게 다시 전화를 했다.

"이극렬 경위님?"

"네, 강 선생님이십니까? 어떻게 정신은 좀 차리셨나요?"

"네, 목욕재개하고 다시 봐도 선명하게 보이네요. 혹시 CD 원본이 제 쪽으로 온 게 아닐까요?"

강유진은 그러기를 빌었다.

하지만 현실은 바람과 많이 달랐다.

"원본은 그보다 훨씬 길죠. 녹화시간이 한 시간도 안 되는 복사판을 가지고 왜 그러십니까? 듣는 사람 깝깝하게."

"저도 답답합니다. 이쪽으로 와서 함께 보시죠. 저 남자가 보이나 안 보이나."

"알겠습니다. 컴퓨터는 신비한 거니까, 이상한 현상이 일어날 수도 있겠죠. 자동차의 급발진도 원칙적으로는 일어날 수가 없는 현상이라니까…… 강 선생님을 믿고 달려가 보겠습니다."

"네, 어서 오십시오. 기다리고 있겠습니다."

이번에는 강유진이 먼저 전화를 끊었다. 소심한 복수지만 그것으로 만족하기로 했다.

이극렬 경위는 전화를 끊은 지 십오 분 만에 나타났다.

그리고 방으로 들어오자마자 코를 킁킁거리며 구석구석을 돌아다녔다. 술 냄새나, 다른 약 냄새가 나는지 알아보려는 것 같았다.

"저 술이나 약 같은 거 안 합니다."

"그런 것 같아서 안심했습니다."

이극렬 경위가 컴퓨터 앞으로 의자를 끌고 갔다.

강유진은 CD를 들어 철벽이라는 글자를 확인시켜 준 뒤에 시디롬 안에 넣었다.

위이이잉 드드드득.

낡은 컴퓨터 본체에서 진공청소기 돌리는 소리와 믹서기로 콩 가는 소리가 뒤섞여 나는가 싶더니 화면이 나타났다.

강유진이 화면을 콕 찍으며 말했다.

"여기 이 남자 머리통 보이죠? 이게 5시 18분까지 같은 자리에 있습니다."

무심하게 시간이 흘러갔다.

노이즈가 나타나고, 다시 화면이 밝아졌다.

"자, 보십쇼. 이 남자의 머리통이 이번에는 운전석으로 이동해 있습니다."

강유진이 다시 손끝으로 한쪽 구석을 가리켜 보였다.

하지만 이극렬 경위는 시종일관 무표정했다.

"……."

저건 예상되는 반응이 아니다. 그제야 뭔가 잘못됐다는 생각이 뇌리를 스치고 지나갔다. 어쩌면 자신은 남들이 보지 못하는 것을 보게 된 것인지도 모른다.

'이것도 타이탄의 권능이 작용한 것일까?'

강유진이 이극렬의 눈치를 살피며 물었다.

"저 동영상에 무슨 문제 있습니까?"

"없습니다."

"그런데 표정이 왜?"

"동영상이 아니라 강 선생에게 문제가 있는 것 같습니다. 아까부터 새끼손톱보다 작게 보이는 자동차의! 그것도 시커먼 창문을 가리키면서! 혼자서 계속 이 남자 저 남자 해대고 있지 않습니까!"

"……."

흥분한 이극렬 경위의 입에서 사방으로 침이 튀었다.

“이 경위님, 창문을 확대해 보면 남자의 머리통이 흐릿하게 보일 겁니다.”

“허, 거참…….”

고개를 젓던 이극렬 경위가 다시 언성을 높였다.

“경찰서에서 해상도도 최고로 높여보고, 확대도 해보고, 별짓 다 해봤습니다. 그런데 아무것도 나타나지가 않았어요. 강 선생의 눈이 대전 경찰서에 있는 최신형 컴퓨터보다 더 좋다는 겁니까? 아니, 최대한 확대해도 그래픽이 깨지고 마는 걸 무슨 수로 봤다는 겁니까? 저런 화면에서는 빤스를 바지 위에 입고 다니는 슈퍼맨도 볼 수가 없어요. 이건 현대 과학의 한계라고요, 한계. 애초에 CCTV렌즈로 찍지 못한 걸 무슨 수로 봤다고 우기는 겁니까?”

“…….”

한참 생각하던 강유진이 진지하게 말했다.

“인간의 능력은 무한합니다. 육감(六感)이란 것도 있지 않습니까? 눈도 마찬가지입니다. 기계보다 더 잘 보는 눈이 있을 수도 있는 겁니다.”

“푸하핫!”

순간 소리라도 지를 줄 알았던 이극렬 경위는 오히려 웃음을 터뜨렸다.

“아, 미안합니다. 고등학교 이후로 그런 말은 처음 들어서. 아니, 강 선생처럼 그렇게 진지한 얼굴로 말하는 사람은 고등학교 때도 없었습니다."

"그렇다면 그때의 순수했던 심정으로 들어 주십시오. 저 랜드로바에 타고 있던 남자는 임지연 씨의 실종과 관계가 있습니다."

이극렬 경위가 정색을 하고 말했다.

"좋습니다. 강 선생이 본 게 사실이라고 칩시다. 그래도 시간상 저 랜드로바는 이 사건과 아무 관계가 없습니다. 임 박사가 집에서 접속한 시간이 5시 45분이란 말입니다. 임 박사와 저 차는 별개의 관계라는 뜻입니다. 지금 특별수사대에서는 주차장에서 5시 23분 이후에 사라진 차량을 중점적으로 조사하고 있습니다. 과학수사란 그런 것입니다."

"그건 하나만 알고 둘은 모르시는 말씀입니다."

"무슨 뜻입니까?"

"만약 해킹을 한 사람이 임지연 씨 본인이라면, 그 추측이 맞을 겁니다. 하지만 사건 사고는 최악의 경우를 가정하지 않으면 안 되죠? 만약 자택에서 해킹을 한 사람이 임지연 씨가 아니라면, 그리고 범인이 여러 사람이라면, 경찰의 추리에는 허점이 많지 않습니까?"

"……."

이극렬 경위는 일순 반박하지 못했다.

강 선생이라는 남자의 지적이 틀린 것은 아니다. 분명히 그럴 가능성도 있다. 하지만 여전히 임지연의 자작극이라는 생각을 버릴 수 없었다. 특별수사반은 물론 국정원에서까지 자작극이라고 결론 내렸다. 그렇다면 자작극인 거다.

"최근에 임 박사의 연구 성과 자체가 거짓으로 드러났습니다. 대성그룹의 부실한 재무구조와 무모한 투자를 생각하면 자작극일 수밖에 없는 겁니다."

"누가 아니랍니까? 제 말은 최악의 상황, 즉 자작극이 아니라고 가정했을 때, 랜드로바의 주인이 범인일 수도 있다는 말입니다. 아시겠습니까? 30%의 가능성만 있어도 사람들은 큰 기대를 하죠? 하물며 이건 90% 이상의 가능성이 있는 경우입니다."

한참 고민하던 이극렬 경위가 한숨을 길게 내쉬었다.

"휴! 내가 졌습니다. 일단 개인적으로 랜드로바의 뒤를 추적해 보겠습니다. 하지만 한 시간 이상 범행 현장에 남아 있었다는 것을 생각해 보면…… 강 선생은 헛 다리를 짚고 있는 겁니다. 범인은 한시라도 빨리 범행 현장을 뜨고 싶어 합니다. 나중에 다시 범행 현장을 방문할지라도, 그 순간만큼은 달아나야 한다는 생각에 사로잡혀 버리죠. 게다가 납치까지 한 사람이 왜 그 자리에 남아 있다는 말입니까?"

강유진도 끝까지 양보하지 않았다.

"하지만 프로들은 본능도 컨트롤 할 수 있을 거라고 생각합니다. 이번 일에 여러 사람이 관여되었다면…… 분명 프로들의 짓일 겁니다."

"그런 건 할리우드 액션 영화에서나 나오는 일이지요. 강 선생은 영화를 너무 많이 봤어요. 한국에서 여러 명이 벌이는 짓이란 고작해야 짜고 치는 고스톱 판밖에 없습니다. 아, 요즘은 꽃뱀도 단체로 작업하기는 하더군요."

"세계화의 물결이 코앞까지 밀려왔습니다. 영화 같은 범죄가 한국에서 일어나지 말라는 법은 없어요. 빨리 랜드로바를 조사해 주세요."

"알겠습니다. 죽은 사람 소원도 들어준다는데, 못할 것도 없지요. 그런데…… 강 선생은 혹시 무속인(巫俗人)입니까?"

"전혀 아닌데요. 저는 평범한 직장인입니다."

"헐, 직장인이 왜 이런 강력 사건에 끼어들어요?"

"눈이 좋아서일지도 모르죠."

이극렬 경위가 고개를 설레설레 저었다. 이런 상황에서 뭔가 기대를 한 것이 바보다. 자신은 그저 부탁받은 일만 해주면 된다.

"알겠습니다. 특별수사대에 합류한 것도 대성그룹을 도우라는 윗분의 지시 때문이었으니…… 강 선생의 일을 적극 돕도록 하겠습니다. 하지만 그렇다고 강 선생에게 다른 형사들을 붙여줄 수는 없습니다. 그 점은 양해해 주십시오."

"저는 정보만 있으면 됩니다."

"알겠습니다. 랜드로바 외에 다른 것은 없습니까?"

"없습니다."

"그럼 저는 이만. 아무쪼록 좋은 결과가 있기를 바랍니다."

이극렬 경위가 목례를 해 보인 후 떠나갔다.

*　　　*　　　*

동해바다가 내려다보이는 별장의 이층 창가에 두 남녀가 마주 앉아 있다.

모르는 사람이 본다면 다정한 연인으로 생각할 수도 있겠지만, 실상 두 사람의 관계는 납치범과 피해자일 뿐이다.

장우석이 조잡하게 만든 전기 스위치를 쓰다듬으며 말했다.

"당신은 의지가 굳은 여자야. 나는 그런 여자가 좋아. 내가 비록 당신에게 고통을 선사하고 있지만…… 마음은 누구보다 당신을 이해하고 있다는 걸 알아줘."

"……."

임지연은 남자의 말에 아무런 대꾸도 하지 않았다.

그저 멍한 눈으로 바닥에 흥건하게 고인 피를 바라보기만 했다. 모두가 -고장난 수도꼭지처럼- 임지연의 입과 코에서 흘러내린 것이었다.

그런 임지연을 바라보던 장우석이 무표정한 얼굴로 다시 스위치를 눌렀다.

부우우웅.

어디선가 거대한 말벌들의 날갯짓 소리가 들려왔다.

고압의 전류가 -터진 둑처럼- 전선을 따라 일순간에 방류되었다.

순간 의자에 묶인 채 파김치처럼 늘어져 있던 임지연의 몸이 경직되며 기괴한 소리를 만들어냈다.

드드드드드득.

"아아아악!"

전기가 주는 고통은 밀물처럼 밀려왔다가 일 분도 안 되어 썰물처럼 빠져나갔다.

그 강렬한 충격에 정신을 차린 듯 임지연의 입이 열렸다.

"나한테…… 왜 이래요…… 당신이…… 원하는 게…… 뭐예요……."

남자는 하루 종일 혼잣말을 하며 전기 고문을 가하고 있었다. 왜 그런지 이유나 알면 억울하지 않을 것이다. 그런데 남자는 뭘 원하는지 말하지 않았다. 마치 고문 자체를 즐기는 사람처럼 죽지 않을 정도의 전기 고문만 반복했다.

"좋아, 이제 좀 대화가 되겠군. 본론만 말하지. 임 박사가 수정한 FPS 2010의 최종판에 락(Lock)이 걸려 있다지? 그것 때문에 모두가 깜짝 놀랐다고. 시도는 좋았지만 피할 수 없는 운명이라는 게 있어. 나와 관계된 순간 임 박사의 운명은, 내가 원하는 대로 결정이 난 거야.”

“…….”

임지연의 눈이 부릅떠졌다. FPS 2010의 최종판에 락이 걸린 것을 알고 있다는 것은, 그것이 이미 외부에 유출되었다는 뜻이다. 연구실은 국립과학기술대학의 총장조차 출입할 수 없을 정도로 보안이 완벽한 곳이다. 그런데 대체 무슨 수로 저 남자는 그걸 빼낼 수 있었을까?

“겨우 그런 일로 벌써부터 놀랄 거 없어. 우리는 FPS 2010의 7월 버전까지도 이미 확보해 두고 있었으니까. 그런데 위에서는 확실한 것을 좋아하더라고. 그러니 임 박사가 최종판의 락을 해제해 줘야겠어.”

“그걸…… 해주면…… 풀어…… 줄 건가요…….”

“아니, 솔직히 말하자면 그래도 당신은 죽을 거야. 바로 이 자리에서.”

“…….”

임지연은 아무 말도 하지 못했다.

죽이겠다는 남자의 선언이 실감나지 않았다. 다른 사람의 이야기를 하고 있는 것 같았다. 마치 불쾌한 영화를 억지로 보고 있는 느낌이었다.

“믿어지지 않는 모양이군. 락을 풀 건지 아닌지나 말해봐.”

그제야 임지연은 현실로 돌아왔다.

갑자기 눈물이 핑 돌았다. 남에게 못된 짓을 하며 살지도 않았는데, 왜 이런 일이 생긴 것일까?

"풀지…… 않겠어요……."

어차피 죽이겠다는 사람에게 서비스를 해줄 마음은 없었다.

장우석의 얼굴에 미소가 떠올랐다.

"그래, 아직 부족했다는 거지? 당신은…… 제발 죽여달라고 애원하게 될 거야. 그러지 않을 것 같아?"

"……."

임지연이 생기 없는 눈으로 사내를 응시했다.

저런 건 확실히 B급 영화에서나 듣던 대사다. 이건 정말 현실인가? 아니면 지독한 악몽일까?

어디선가 말벌 떼가 일제히 날아올랐다.

부우우웅.

드드드드득.

순간 임지연의 가녀린 몸에서 경련이 일어났다.

이번의 전기 고문은 이 분간이나 지속됐다.

임지연의 코에서 다시 검붉은 피가 줄줄 흘러내렸다.

누군가 멀리서 한마디 했다.

"쯧, 저러다가 맥없이 갈지도 모르겠는걸……."

"이봐, 나를 무시하지 마. 내가 애원하게 만들겠다고 했잖아."

"……."

몽롱한 의식 속에서 임지연은 사내가 다가오는 것을 느꼈다.

사내가 임지연의 귀에 속삭였다.

"이게 누군지 알아보겠어?"

임지연은 억지로 눈에 힘을 줬다. 자꾸만 눈꺼풀이 흘러내렸기 때문이다.

겨우 정신을 차리고 보니 책상 위에 사진 한 장이 보인다.

"아……."

사진 속에 있는 사람은 막내 동생이다. 막내가 카메라를 향해 손을 흔들어 보이고 있었다.

동생의 환한 미소를 보고 있자니 가슴이 찌르르 아팠다.

"그래, 임지민이야. 한영대 공대를 나와 지금은 대성 자동차의 개발실에서 일을 하고 있지. 여자들에게 인기가 많다고 하더군."

"그만……."

"내 전화 한 통이면 임지민의 사지(四肢)가 잘리는 동영상을 받아볼 수 있을 거야. 혼자 죽을지, 가족들을 하나씩 먼저 보내고 뒤따라갈지는…… 이제부터 당신이 선택하는 거야. 오 분 동안 생각할 시간을 줄게. 당신은 현명한 여자니까, 최상의 선택을 할 거라고 믿어."

말과 함께 장우석이 책상 위에 네 장의 사진을 늘어놓았다.

임지연의 눈에서 눈물이 주르륵 흘러내렸다.

피로 물든 책상 위에는 아빠와 엄마, 시집간 큰언니, 그리고 막내 동생의 사진이 나란히 놓여 있었다.

*　　*　　*

정말 미치겠어 미치겠어 너 때문에

강유진은 전화벨이 울리자마자 받았다.

수화기 너머에서 이극렬 경위가 빠르게 말했다.

"주차장에 있던 회색 랜드로바 프리랜더2는 OK드라이브라는 렌트카 회사 겁니다. 대여한 사람의 이름은 장 테스카틀, 재미교포 사업가입니다."

"장 테스카틀요?"

"네, 장 테스카틀 맞습니다. 알아보니 석 달 정도 차를 쓰기로 했답니다."

강유진이 고개를 갸웃거렸다. 어디선가 들어본 듯한 이름인데 기억이 나질 않았다. 하지만 이름은 아무래도 상관없었다. 납치를 할 정도의 인물이면 어차피 가명일 테니까.

"지금 그 차가 있는 곳을 알 수 있겠습니까?"

"그건…… 영업소의 네비게이션 시스템을 통해 알아볼 수는 있습니다만…… 진짜 그렇게까지 해야 합니까? 신원도 확실한 사업가라는데…….”

“일단 알아봐 주십시오. 그리고 장씨가 재미교포 사업가라고 했지요? 이 경위님은 뭔가 그림이 그려지지 않습니까?”

“무슨 그림요?”

“미래 에너지를 개발한 한국인 여류 과학자의 실종과 재미교포 사업가의 렌트카, 이 둘 사이에서 느껴지는 게 없냐는 말입니다.”

“그야, 추리물에서는 종종 나올 법한 소재지만…… 렌트카와 임 박사의 실종이 아무 관계가 없는 상황에서는…… 지나친 억측이 아니겠습니까?”

“왜 관계가 없습니까? 제가 그 차에 한 시간 이상 앉아 있는 남자를 봤다고 하지 않았습니까? 그 남자가 범인일 겁니다. 설사 그가 범인이 아니라고 해도…… 최소한 범행 현장은 목격했을 겁니다. 임지연 씨 차의 옆에 주차해 있었으니까요.”

“쩝, 강 선생이 자꾸 그렇게 말하면 돕고 싶은 마음도 저만치 가 버립니다. 첨단 장비로도 잡히지 않는 영상을 무슨 수로 봤다는 겁니까. 영매술사라도 되나요?”

“이 경위님! 영매술사든 뭐든 마음대로 생각해도 되는데요, 일단 그 빌어먹을 랜드로바가 지금 어디에 있는지나 알려주세요!”

“알겠습니다. OK드라이브 대전 지점에서 임대했다고 하니 제가 직접 가서 확인해 보겠습니다.”

"서둘러 주세요!"

"저도 그 장 테스카틀이라는 재미교포가 범인이라면 소원이 없겠습니다. 그럼 이만."

전화를 끊은 이극렬 경위의 입에서 한숨이 길게 흘러나왔다.

특별수사대에서 딱히 할 일이 없을 것 같았는데, 어쩌다 보니 가장 분주한 사람 가운데 하나가 되고 말았다. 사실 대전에 있을 것으로 추측되는 임 박사를 찾는 일에 자신이 나설 자리는 없었다. 아무래도 대전의 지리나 상황에 어두운 탓이다. 특별수사대의 최병도 반장 역시 광역수사대에서 나온 자신에게 뭔가를 지시할 생각이 없어 보였다.

'그런데 발바닥에 땀나게 돌아다니고 있단 말이지…… 엉터리 같은 주장에 휘둘려서…… 쩝, 그래도 일단 가봐야겠지.'

막 자리에서 일어나던 이극렬 경위와 최병도 반장의 시선이 마주쳤다.

"무슨 새로운 정보라도 있습니까?"

"정보요?"

이극렬 경위가 잠시 멈칫거렸다.

'랜드로바에 대해 말을 해야 하나?'

하지만 그러자면 강 선생의 개입이 알려지게 된다.

'이거 어쩐다…….'

잠시 망설이던 이극렬 경위는 작정한 듯 최병도 반장을 바라보았다. 만에 하나라는 것도 있으니 일단 말이라도 해두는 게 낫지 않겠는가!

"음, 실은 평소 아끼는 후배가 있어서…… 이번 사건에 대한 그의 생각을 들어봤습니다."

이극렬 경위는 강 선생이라는 남자가 어려 보였기에 후배라고 둘러댔다.

"그래요? 뭐라고 합니까?"

최병도 반장은 이극렬 경위의 말에 큰 관심을 보였다. 막막하기만 한 수사에 혹시라도 도움이 될까 싶어서다.

"중요한 건 아니지만 궁금해 하시니 말씀드리지요. 그 후배는 무슨 일만 터지면 최악의 상황을 가정하는 고약한 버릇이 있습니다."

"경찰로써는 좋은 자세로군요."

이극렬 경위는 '경찰은 아닙니다' 라고 말을 하려다가 참았다. 자신이 일반인에게 수사 기밀을 넘겼다는 걸 말해서 좋을 일은 없었다.

"일단 그 후배는 납치를 염두에 두고 접근했습니다. 만약 임 박사가 납치된 거라면 단독 범행이 아닐 수도 있으니…… 철벽이 해킹당한 시간에 너무 집착하지 말라고 하더군요. 해킹한 사람이 임 박사가 아닐 수도 있으니까요."

"흠, 그럴 가능성도 있군요."

최병도 반장의 얼굴이 조금씩 굳어졌다. 가능성 정도가 아니라는 생각이 든 것이다. 전문 조직이 동원된 납치라면 충분히 있을 법한 일이었다.

"후배는 주차장에 남아 있는 차를 조사하는 게 좋겠다고 했습니다. 선팅이 짙게 되어 있거나, 탑차가 있다면 틀림없이 범죄에 사용되었을 테니까요."

"아! 확실히 5시면 아직 밝을 때니까…… 납치 사건이라면 짙은 선팅 차량이나 탑차가 사용되었을 겁니다. 예리한 지적이군요."

용기를 얻은 이극렬 경위는 상황실에 붙어 있던 CCTV 확대 사진을 가리키며 말했다.

"제가 그 당시 CCTV 화면을 조사해 봤는데…… 주변에 탑차는 한 대도 없었습니다. 유력한 용의 차량은 이 랜드로바입니다. 보십시오. 짙은 선팅으로 내부가 전혀 보이지 않습니다."

"과연!"

최병도 반장의 입에서 탄성이 흘러나왔다.

"만약 우리가 임 박사 자택에서의 해킹을 다른 사람이 한 것으로 생각했다면…… 이 랜드로바는 충분히 용의 선상에 올랐을 겁니다. 무엇보다 임 박사의 아스톤 마틴 바로 옆에 주차되어 있었으니까요. 하지만 5시 45분의 해킹 때문에, 유력한 용의 차량이 우리의 머릿속에서 지워졌던 겁니다."

"이런 제길! 박 형사, 철벽보안 회사로 가서 저 랜드로바가 몇 시에 주차장을 빠져나갔는지 확인해 봐. 차 주인이 누군지도.”

“예!”

특별수사대의 형사 하나가 밖으로 뛰어나갔다.

침체의 늪에 빠져 있던 특별수사대의 분위기가 조금 살아났다.

“랜드로바가 빠져나간 시간은 확인하지 못했지만, 랜드로바에 대한 것은 좀 조사를 해봤습니다. 저건 OK드라이브라는 렌트카 회사의 차량입니다. 저걸 렌트 한 사람은 재미교포 사업가로 장 테스카틀이라는 이름의 남자였고요.”

“재미교포 사업가 장 테스카틀이란 말이죠?”

“네, 렌트카 회사에서 확인한 바로는 그렇습니다.”

잠시 생각하던 최병도 반장이 남아 있던 형사들에게 지시했다.

“이 형사, 정보과에 가서 장 테스카틀의 신원 조회를 해달라고 해. 한국에 왜 들어왔고, 무슨 사업을 하는 사람인지, 사돈의 팔촌까지 탈탈 털어와.”

“예!”

“그리고 조 형사는 당장 OK드라이브로 가서 저 차량의 위치부터 확인해. 수입 차니까 회사에서 네비게이션 같은 걸 달아뒀을 거야.”

“알겠습니다.”

조문기 형사가 자리에서 벌떡 일어났다.

최병도 반장이 뜨거운 눈으로 이극렬 경위를 바라보았다.

"이 경위님, 역시 큰물에서 노는 분이라 생각하는 게 다르군요. 큰 도움이 되었습니다. 다른 일이 없다면 우리 조 형사와 함께 OK드라이브를 좀 조사해 주지 않겠습니까?"

"아, 예, 그러지 않아도 거기에 가려던 참입니다."

"재미교포 사업가와 천재 과학자의 실종이라니…… 이제야 뭔가 그림이 그려지는 느낌입니다. 국정원 직원이 자작극 같다고 할 때 좀 이상하기는 했습니다."

"헐, 반장님도 그림이 그려지십니까?"

이극렬 경위의 말에 최병도 반장이 당연하다는 듯 고개를 끄덕였다.

"저는 이런 큰 사건을 해결해 보는 게 평생의 꿈이었습니다. 재미교포 실업가, 천재 과학자, 실종…… 답은 이미 나온 겁니다."

"……."

이극렬이 놀란 눈으로 최병도 반장을 바라보았다.

자신의 말 몇 마디에 특별수사대의 수사 방향이 바뀌었다. 자작극에서 납치로 급선회하기까지 걸린 시간은 채 오 분이 넘지 않았다. 뭔가 남들이 하지 못한 큰일을 해낸 것 같은 기분이 든다. 하지만 '창문 너머 어렴풋이'의 비밀을 알고 있는 이극렬 경위는 마냥 뿌듯해 할 수만도 없었다.

'하아! 큰일이군. 나 혼자서 조사할 때가 마음 편했는데…….'

이렇게 되면 자작극에 대해서는 속수무책일 수밖에 없다. 자신의 한마디에 임 박사의 운명이 좌우되었다고 생각하니 머리가 다 아플 지경이다.

"이 경위님? 가시죠."

"……."

정신을 차리니 조 형사가 존경이 가득 담긴 눈으로 바라보고 있다.

최병도 반장에게 랜드로바에 대해 말한 것은 잘한 짓일까?

시커멓게 선팅된 호박씨만 한 창문을 꿰뚫어본 사람의 추리가 새로운 수사의 출발이라는 말도 했어야 하는 건 아닌가?

순간 강 선생의 어리바리한 얼굴이 떠올랐다.

'강 선생, 임 박사가 납치된 게 아니라면…… 우린 정말 못할 짓을 한 거라고…….'

21세기를 끌고 나가는 천재 과학자의 운명이 오컬트적인 추리 한 방에 좌우되다니, 자신이 벌이고도 믿지 못할 일이었다.

제6화

장 테스카틀을 찾아서

정보과로 갔던 이 형사는 한 시간 만에 돌아왔다. 그런데 얼마나 마음이 급했던지 특별수사대 상황실로 뛰어들다시피 하는 모습이었다.

"반장님! 아무래도 제대로 걸린 것 같습니다! 장 테스카틀이라는 남자 말입니다. LA에 있는 파니컴(Panycom)이라는 회사의 대표로 한국을 드나들었는데, 그게 아무래도 페이퍼 컴퍼니 같습니다. 회사의 사업 활동이 전혀 없었으니까요."

"유령회사의 대표라는 말이야?"

"그렇습니다."

"그럼 장 테스카틀은?"

"한국 국적이 아니든지, 가명인 것 같습니다. 그에 관한 아무런

데이터도 없으니까요. 혹시 몰라서 일단은 미국 대사관에 신원조회를 의뢰해 뒀습니다."

"쯧, 그래서 언제 회신을 받는다고……."

중얼거리던 최 반장이 급하게 돌아섰다.

"반장님, 어떻게 하시려고요?"

"뭘 어떻게 해? 서장님에게 말해서 한국 인터폴에 공조수사라도 요청해야지. 납치는 시간이 생명이야. 대사관 연락을 마냥 기다릴 수는 없다고. 임 박사 납치에 대한 정보를 알려주고, 장 테스카틀이 유력한 용의자니까 신원확인을 해달라고 해야지."

"인터폴요?"

"당연하지. 현대는 정보전이야. 국제적으로 노는 놈에게는 국제적으로 대응해야지."

어째 최병도 반장은 일이 점점 커지는 것을 즐기는 표정이었다.

인터폴까지 나오자 특별수사대의 분위기는 한층 더 달아올랐다. 영화에서나 가끔 볼 수 있었던 인터폴과 공조수사를 하겠다니 그럴 법도 하다.

최병도 반장이 서장에게 인터폴의 공조수사를 요청하고 돌아왔을 때다.

마침 철벽보안에 나갔던 박 형사로부터 전화가 왔다.

"그래, 뭐 좀 건진 거 있어?"

"제가 대학의 CCTV를 모두 확인했는데요, 그 랜드로바가 빠져나간 시간은 6시 5분입니다. 정문의 CCTV에 찍혀 있더라고요."

"얼굴 확인은 가능해?"

"아뇨, 선팅을 앞 유리까지 해서 알아볼 수 없었습니다."

"아니, 그 개XX들은 왜 앞 유리까지 선팅을 하고 지랄이래! 교통과에서는 그런 새끼들 잡아들이지 않고 뭐했대! 그거 불법 맞지?"

"예, 당연히 불법이죠."

"알았어. 혹시 모르니까 용의 차량의 이동 방향에 있는 다른 CCTV까지 확인 좀 하고 들어와. 혹시 알아? 그놈이 차에서 내리거나, 누굴 태웠을지……."

"알겠습니다."

최병도 반장의 얼굴이 잔뜩 찡그려졌다.

다른 곳의 CCTV를 확인하라고 말은 했지만 거의 기대하지 않았다. 치밀한 납치범들이 그 정도로 허술하게 행동할 리가 없다는 생각에서다.

잠시 생각하던 최병도 반장은 급히 교통과로 전화를 돌렸다.

"특별수사대 최병도 반장입니다."

"네, 최 반장님, 이정인 순경입니다. 무엇을 도와드릴까요?"

"박 과장님 자리에 계시면 좀 바꿔줘요."

"네, 잠시만 기다리세요."

곧 박용성 과장의 묵직한 음성이 들려왔다.

"최 반장님, 무슨 일입니까?"

"박 과장님, 지금 몇 사람 보낼 테니까, 차량 하나 좀 찾아주세요."

"하하, 무슨 차를 찾으시기에 따로 전화까지?"

"임 박사 납치 사건의 용의자 차량입니다. 대전을 빠져나갔는지 톨게이트 확인을 해주십시오. 어제 오후 6시 이후부터 봐 주시면 됩니다."

"그게 못해도 몇십만 대가 나갔을 텐데……."

"몇백만 대라도 확인을 해야 합니다. 이쪽에 남는 인원 지원해 드릴 테니까, 데이터 확보해 주시고 바로 조사할 수 있도록 조치해 주십시오."

"그, 그럽시다."

강경한 최병도 반장의 말에 박용성 과장은 찍소리도 하지 못했다.

사실 최병도 반장이 요청한 톨게이트 확인은 현대에 이르러서는 수사의 기초라고 할 수 있었다. 인력과 시간이 부족한 게 문제지만.

따르르릉.

특별수사대의 전화가 요란하게 울렸다.

"네, 잠시만요."

전화를 받던 형사 하나가 급히 최 반장을 불렀다.

"최 반장님, 조 형사 전화입니다. 급하다는데요."

"알았어. 이쪽으로 돌려."

최 반장이 수화기를 들어올렸다.

조 형사의 목소리가 평소보다 크게 들려왔다. 흥분했다는 뜻이다.

"반장님! 그 랜드로바 주행기록 찾았습니다. 네비게이션으로 이동 경로가 자동저장 된다는 걸 용의자가 몰랐던 모양입니다. 돌아다닌 지역이 고스란히 남아 있습니다."

"그래? 그 차는 지금 어디 있어?"

최 반장의 얼굴이 밝아졌다.

"서해에 있는 것 같습니다."

"뭐? 서해?"

'벌써 대전을 빠져나갔다니?'

그렇다면 톨게이트의 CCTV를 확인할 필요도 없는 셈이다.

'그런데 왜 서해로 갔지?'

오만가지 생각이 순식간에 머릿속을 스치고 지나갔다.

"예, 바닷가 같습니다."

"정확한 지점을 말해봐. 서해 어디야?"

"일단 네비게이션 상으로는 충청남도 태안군 원북면 황촌리 근방입니다."

"알았어. 지금 즉시 기동대 보낼 테니까 그쪽은…… 알아서 합류해."

"시간 없으니까 따로 가라는 거죠?"

"그래. 현장에서 보자."

"예! 저희도 곧 출발하겠습니다."

흥분한 최 반장은 전화를 끊자마자 자리에서 벌떡 일어났다.

"김 순경! 교통과에 나갔던 사람들 다 불러 모아!"

"예!"

"그리고 이 순경! 기동대에 무장하고 출발대기 하라고 해! 오 분 후에 출동이다!"

"알겠습니다!"

경찰과 형사들이 분주하게 뛰어다니기 시작했다.

지시를 내린 뒤 권총을 만지작거리던 최 반장이 혼잣말처럼 중얼거렸다.

"경찰특공대에도 연락을 해야 하는 거 아냐?"

생각해 보니 현재 출동이 가능한 기동대라고 해봐야 열 명 남짓이다. 그 숫자로 몇이나 될지 알 수 없는 납치범들을 체포할 수 있을까?

최 반장의 손이 슬그머니 전화기로 향했다.

"뭐, 확실한 게 좋으니까."

최 반장의 눈이 반짝였다. 확실히 판은 키워야 맛이다. 인터폴에 경찰특공대까지 지금이 아니면 언제 불러본단 말인가!

*　*　*

그 무렵 강유진은 임지연이 실종된 주차장을 둘러보고 있다. 비공개로 수사를 하고 있는 탓에 주차장은 공사중이라는 푯말과 노란 줄로 막혀 있었지만, 특별히 지키고 있는 사람은 보이지 않았다. 강유진은 노란색 줄을 넘어 들어갔지만 사진에 나와 있던 아스톤 마틴은 보이지 않았다. 경찰에서 차량의 정밀 조사를 위해 회수해 간 모양이다.

소득도 없이 주차장에서 나와 벤치에 앉아 있을 때다.

휴대전화에서 경쾌한 음악이 흘러나왔다.

"여보세요? 이 경위님?"

"네, 이극렬입니다. 지금 OK드라이브의 조사가 끝났습니다. 생각보다 일이 잘 풀릴 것 같습니다."

"무슨 소식이라도?"

"용의자가 임대했던 랜드로바의 주행기록이 남아 있었습니다."

"아! 아직도 대전에 있던가요?"

"아닙니다. 차량은 현재 서해에 있습니다. 지금 기동대가 서해쪽으로 급파됐습니다. 저도 그쪽으로 갈 계획입니다."

"……."

그런데 아무래도 이상했다.

'철벽보안까지 해킹해서 영상을 지운 자들이 주행기록은 남겼다고?'

좋은 소식이지만, 어쩐지 찜찜한 느낌이다.

"강 선생은 어떻게 할 겁니까? 서해로 갈 건가요? 아니면 대전에 있을 건가요?"

"서해 어디인지 알려주시면 저도 그쪽으로 가보겠습니다."

"그럼 일단 태안군으로 오십시오. 그곳에서 다시 안내를 하겠습니다."

"알겠습니다."

이극렬 경위가 자세한 주소지를 알려주지 않는 것은 보안상의 이유에서일 것이다.

강유진은 그를 압박할 마음이 없었기에 군소리 없이 전화를 끊었다.

사실 태안까지 오라고 한 것도 대단한 배려였다. 외부에 기밀을 누설한 게 알려지면 이극렬 경위는 옷을 벗어야 할지도 몰랐다.

강유진은 전화를 끊자마자 큰 길로 달리기 시작했다. 일단 뛰다가 택시든 버스든 자가용이든 닥치는 대로 얻어 탈 생각이었다. 바람처럼 달려가는 모습에 학생들이 탄성을 터뜨렸지만 신경 쓰지 않았다. 운동을 시작해서 그런지 숨도 가쁘지 않았다.

때마침 조금 떨어진 곳에 정차하려는 택시가 보였다.

강유진은 택시 옆까지 단숨에 달려갔다.

그리고 타고 있던 사람이 내리자마자 저돌적으로 올라탔다.

"기사 아저씨, 태안으로 가주세요!"

"태안요?"

"네. 충남 태안요."

"예! 알겠습니다!"

택시기사가 다소 들뜬 표정으로 답했다.

그 정도 거리면 내일은 운전대를 잡지 않고 집에서 쉬어도 된다. 손님의 얼굴을 보니 달아나거나 강도로 돌변할 것 같지도 않다. 이래저래 휘파람이 절로 날 상황이다.

한 가지 흠이라면 손님의 전체적인 분위기가 좀 어두워 신경이 쓰인다는 정도다.

"손님, 무슨 안 좋은 일이라도 있나 봅니다."

"네, 사람 하나가 속을 썩이네요."

"저런! 쯧, 전에도 한번 돈 떼먹고 달아난 사람을 잡으러 가는 분을 태운 적이 있었는데……."

"그랬습니까?"

강유진은 길게 이야기를 하고 싶지 않아서 창 밖으로 시선을 돌렸다.

하지만 기사는 가벼운 반응에도 탄력을 받았는지 멈추지 않았다.

“택시 운전을 하면서 보니까, 작정하고 달아난 놈은 잡기가 여간 어려운 게 아닙니다.”

“…….”

“그 손님도 몇 번이나 허탕을 쳤다고 하면서 이를 갈던데…….”

“…….”

“사실 순진한 사람은 달아날 짓을 하지 않고, 달아날 놈은 순진한 짓을 하지 않는데…… 사람들이 뻔히 알면서도 당하고, 당한 뒤에는 잡질 못해…… 쯧!”

“하아!”

강유진의 입에서 한숨이 흘러나왔다.

백번 맞는 말이다. 달아날 놈은 순진한 짓을 하지 않는다. 그런데 랜드로바의 주행기록은, 납치라는 행위에 비해 지나치게 순진하다. 아무리 생각해도 너무 쉽게 풀리고 있다. 다른 단서가 없으니 눈앞에 보이는 것을 향해 맹목적으로 달려드는 느낌이다.

‘투우장의 황소처럼…….’

도로 표지판을 보니 고속도로까지 남은 거리는 5킬로미터 정도다. 이대로 고속도로에 진입하면 돌이키기 어렵게 된다.

강유진은 휴대전화를 꺼내 통화 버튼을 눌렀다.

“여보세요?”

“이 경위님, 저 강입니다.”

"아! 너냐? 거긴 별일 없고?"
갑자기 이극렬 경위의 말투가 돌변했다.
강유진은 이극렬 경위에게 동행이 있을지도 모른다는 생각을 했다.
"아무래도 이상합니다. 그렇게 단순한 상대가 아닙니다."
"하하, 그래, 이번에는 네 신세 좀 졌다. 여기 최 반장님도 고맙다고 전해달라고 하더라. 난 지금 용의자 잡으러 가는 중이야."
"혹시 지금 운전 중이십니까?"
"아니야, 운전 중이면 내가 어떻게 전화를 받겠냐? 조 형사님이라고 이쪽 분이 운전대를 잡고 있어. 무슨 일인데 그래?"
"랜드로바가 대전에서 바로 서해로 간 겁니까?"
"아니, 포항으로 갔더라고."
"포항요?"
"어, 한 시간 정도 포항에 있다가 곧바로 서해로 빠졌더라고."
"포항 어딘지 알 수 있나요?"
"거기가 어디냐면…… 잠깐만……."
수화기 너머로 부스럭거리는 소리가 들렸다. 분위기를 보니 아예 랜드로바의 주행기록을 출력해서 가지고 나온 것 같았다.
"청진리 산15번지 근방이야. 그런데 왜 그래? 뭐 걸리는 거라도 있냐?"
"포항이면 완전히 반대네요?"

"그런 셈이지."

"포항 쪽으로는 사람 안 보냈습니까?"

"일단 용의 차량 중심으로 움직이는 거라서. 거기까지는 생각하지 못했을 거야."

"그래도 누군가 포항도 한번 확인해 봐야죠."

"그건 아니지, 그런 식이면 기록에 남은 지역에 사람을 다 보내봐야 한다는 말인데. 그 정도의 수사 인력이 없잖아."

"알겠습니다. 그럼 제가 포항 쪽으로 가보겠습니다."

"응? 이쪽으로 안 오고?"

"그쪽은 기동대가 가고 있다니까 저라도 가봐야죠."

"음, 그럼 나도 그쪽으로 가볼까?"

"……."

이극렬 경위는 잠시 갈등하는 것 같았다. 어차피 랜드로바에 용의자가 남아 있다는 보장이 있는 것도 아니니 그럴 만도 하다.

"그건 이 경위님 편한 대로 하세요. 그럼 이만 끊겠습니다."

강유진은 이극렬 경위가 오겠다고 할까 봐 얼른 전화를 끊었다. 만약 포항에 납치범이 있다면 혼자 움직이는 게 편했기 때문이다.

기사가 조심스럽게 물었다.

"저어, 혹시 경찰이십니까?"

"뭐, 비슷합니다. 기사 아저씨, 태안이 아니라 포항으로 가주세요."

"포항요?"

"네."

"알겠습니다. 기사야 뭐 손님이 가자는 대로 가는 거지요."

기사의 음성은 아까보다 많이 가라앉아 있었다. 아무래도 손님이 경찰 관계자 같다는 생각에 조심스러워진 것이다.

택시가 대전 IC에 진입할 무렵이다. 갑자기 빗방울이 떨어지기 시작했다. 아침부터 하늘이 꾸물꾸물하더니 기어코 쏟아붓는 모양이다.

"날씨 한번 더럽네……."

기사가 와이퍼를 작동하며 투덜거렸다. 장거리 운전에 비는 최악의 조합이었다.

기사는 와이퍼 속도를 조절하고, 에어컨 방향을 창문으로 돌린 뒤, 잇달아 라디오를 켰다. 연속된 일련의 동작은 물이 흐르듯 리드미컬했다.

라디오 DJ의 맑은 음성이 들려왔다.

"……계속해서 11월의 문화 행사 정보입니다. 15일부터 20일까지 오 일간 국립극장소극장에서 무형문화재 오광백 옹의 판소리 '향공열전' 공연이 열립니다. 그리고 18일부터 25일까지 일주일간 국립중앙박물관에서는 아즈텍 문명전이 개최됩니다……."

순간 무덤덤한 표정으로 정면을 응시하고 있던 강유진의 눈이 반짝였다.

라디오에서 '아즈텍 문명전' 이라는 말을 듣는 순간, 불현듯 이름 하나가 떠올랐던 것이다.

'아! 테스카틀리포카(Tezcatlipoca)…….'

그것은 두 달쯤 전 미술관 큐레이터 이지영을 따라 국립중앙박물관에 갔을 때 본 기괴한 그림에 나온 이름이었다.

'연기 나는 거울의 왕(王)…… 밤과 전쟁과 주술과 절도와 사기의 신(神)으로 부드러우면서도 잔인한 이중인격의 마신(魔神)…….'

테스카틀은 흑요석으로 만든 거울, 리포카는 자욱한 연기를 의미한다고 했던가.

한번 물꼬가 트이자 급기야 '흑마술사인 그의 영향으로 멕시코 중앙에서는 사람을 제물로 바치는 의식이 도입되었다' 는 안내문까지 떠올랐다. 아무래도 타이탄의 능력 덕분에 기억력까지 비약적으로 좋아진 모양이다.

'거울이라…….'

거울에 투영된 사물은 신기하리만치 정반대의 모습이다. 그래서 거울 앞에 서면 원하든 원하지 않든 두 가지 면을 고스란히 내보일 수밖에 없다. 그런 의미에서 거울은 선과 악, 친절함과 잔인

함의 종잡을 수 없는 이중인격의 신 테스카틀리포카에 어울리는 표현이라고 할 수도 있다.

'장 테스카틀…… 결국 자기가 테스카틀리포카라는 뜻인가…… 왜?'

뭔가 잡히는 듯했다. 하지만 생각은 오래가지 못했다. 전화벨 소리가 요란하게 울렸던 것이다. 발신자의 이름은 이극렬이었다.

"이 경위님? 무슨 일이 생겼나요?"

"어, 별건 아니고, 좀 전에 전화가 갑자기 끊어져서. 다시 해본 거지."

"……."

행선지를 바꿀지 말지 고민하더니 아직 결정을 내리지 못한 모양이다.

강유진은 그것에 대해서는 아무런 말도 해주지 않았다. 특별수사대와 이 경위가 알아서 할 문제라고 생각한 것이다.

"참, 이 경위님, 용의자의 동선을 볼 때, 기동대가 가고 있는 목적지가 가장 서쪽입니까?"

"어? 어……."

"그럼, 가장 동쪽이 포항의 청진리 산15번지인가요? 아니면 더 동쪽으로 이동한 곳이 있습니까?"

"청진리가 끝이야. 그건 왜 물어?"

"아!"

강유진은 힘껏 소리라도 지르고 싶은 걸 꾹 참았다. 이제야 흐릿하던 게 분명해졌다. 납치범은 태안이 아니라 포항에 있다. 이를테면 태안의 랜드로바는 거울에 비친 모습이었다. 장 테스카틀은 그 반대편인 포항에서 추격자들을 조롱하고 있을 게 분명했다.

그런 사실을 이극렬 경위에게도 말해줘야 할까?

좀 귀찮아지겠지만 그래도 가르쳐주는 게 도리인 것 같다. 짧은 시간이지만 이극렬 경위와 정이 들었던 모양이다.

“아무래도 범인은 포항에 있는 것 같습니다.”

“응? 그게 무슨 소리야?”

“조금 전에 생각난 건데…… 장 테스카틀은 테스카틀리포카의 앞글자입니다. 테스카틀은 거울, 포카는 연기를 의미하죠. 선과 악, 부드러움과 포악함처럼 극과 극의 이중인격을 가지고 있던 아즈텍 신의 이름이었습니다. 장 테스카틀의 행동은 거울, 즉 보여지는 반대쪽이 진실인 겁니다. 범행 장소에 태연히 남아 있던 랜드로바도 그랬던 거죠. 지금도 랜드로바를 이용해서 경찰을 유인하고 있는 겁니다.”

“그래서 태안이 아니라 그 반대인 포항이라고?”

“그렇습니다.”

“이봐, 이봐, 사소한 것에 너무 집착하지 말자고. 랜드로바가 태안에 있다면 그걸 운전한 놈도 거기에 있는 거야. 어쩌면 다른 납치범들과 임 박사까지 있을지도 모르지. 자네 혼자서 너무 앞서

가는 거 아냐? 조금 현실적으로 상황을 봐."

"어쨌든 저는 포항으로 가는 중입니다. 이 경위님은 어느 쪽이든 땡기는 곳으로 가세요. 특별수사대 쪽에는 '포항에도 사람을 보내야 할 거 같다' 고 건의하는 거 잊지 마시고요."

"허, 거참, 미치겠네. 이 상황에서 포항으로 갈 사람은 나와 조 형사밖에 없다고. 차라리 그냥 나더러 포항으로 가라고 해."

아무래도 이극렬 경위는 좀 더 강하게 말해주길 바라는 것 같다. 하지만 선택은 언제나 각자의 몫이 아니던가.

"이 경위님, 포항으로 오고 싶으면 그냥 오세요."

"……알았어. 반장님에게도 그렇게 말해보마. 하여튼 번번이 고맙다. 이번 일 끝나면 술 한잔 사마. 서울 올라가서 보자, 강 형사."

"……."

아무리 눈치가 보여도 그렇지, 웬 강 형사?

강유진은 뜬금없는 이극렬 경위의 호칭에 피식 웃고 말았다.

빗줄기가 굵어졌다.

택시기사는 강유진의 전화통화에 기가 죽었는지 묵묵히 운전만 했다. 범인이니 특별수사대니 하는 소리에 덩달아 긴장한 눈치다.

강유진은 묵묵히 차창 밖을 바라보았다.

대담하고 치밀한 납치범의 행동에 기가 막힐 지경이다. 장 테스카틀은 단지 유인이 목적인 걸까? 아니면 또 다른 뭔가가 있는 건가?

아무리 생각해도 알 수가 없다.

'자신을 신이라고 생각하는 범인의 오만한 장난인가…….'

강유진의 입가에 서늘한 미소가 걸렸다.

사람이든, 악신(惡神)이든, 막으면 부순다. 그리고 도움이 필요한 사람을 돕는다. 그게 카론이 원했고 자신이 선택한 새로운 삶의 방식이었다.

한편 전화를 끊자마자 이극렬 경위는 −최 반장에게 허락을 받기도 전에− 일단 차부터 돌리게 했다. 전적으로 형사의 직감에 의한 결정이었다. 최 반장의 허락을 받을 틈은 없었다. 그때 두 사람의 차는 유성 IC 앞에 서 있었으니까 말이다.

*　　*　　*

대전의 특별수사대에서 태안의 황촌리까지 거리는 대략 153킬로미터다. 1시 20분경 대전에서 출발한 최 반장의 기동대가 황촌리 초입에 도착한 시간은 오후 3시 45분이었다. 제법 속도를 낸 셈이다. 기동대가 황촌리의 정탐을 마칠 무렵, 경찰특공대도 합류했다.

급조된 두 개의 팀이지만 지휘에 혼선은 없었다. 경찰특공대의 인솔자인 이한열 경위가 '납치범들에 대한 정보를 특별수사대가 가지고 있다'는 이유로 처음부터 나서지 않았기 때문이다. 덕분에 두 팀의 움직임은 일사불란(一絲不亂) 그 자체였다. 경찰특공대의 일부는 도로를 봉쇄했고, 나머지는 최 반장과 함께 황촌리로 들어갔다.

형사 하나가 속삭였다.

"반장님, 저기 오션(Ocean) 펜션의 주차장에 있는 랜드로바가 용의 차량입니다. 번호판도 확인했습니다."

"운전자는?"

"펜션 주변에 사람이 없는 것으로 보아…… 아무래도 펜션 내부에 있는 것 같습니다."

최병도 반장과 이한열 경위의 눈이 마주쳤다.

뒤늦게 최 반장이 사진 두 장을 내밀었다.

"이 경위님, 이 사람이 장 테스카틀입니다. 그리고 이쪽은 납치된 임지연 박사고요."

하나는 렌트카 회사인 OK드라이브에서 가져온 장 테스카틀의 운전면허증 복사본이고, 다른 하나는 임지연 박사의 컬러 사진이었다. 펜션의 진입을 앞두고 비밀 정보를 모두 공개한 셈이다.

"흐음, 생각보다 흐릿하군요."

이한열 경위가 무거운 음성으로 중얼거렸다. 운전면허증의 복사본이라 얼굴이 선명하지 않았던 것이다. 그래도 아예 없는 것보다는 백 배 낫다.

이윽고 이한열 경위는 장 테스카틀의 사진을 뒤쪽으로 넘겼다. 경찰특공대원도 일단 봐두면 도움이 될 거라는 생각에서다. 물론 작전이 시작되면 현장에 있던 모든 사람을 임시로 구금할 테니 큰 의미는 없지만 말이다.

이한열 경위는 임지연 박사의 사진을 최 반장에게 다시 돌려주었다.

"임 박사님의 사진은 모두 차 안에서 숙지한 상태입니다."

"그렇군요. 용의자의 사진은 우리도 출발 직전에 겨우 확보할 수 있었습니다."

미리 주지 않은 것을 오해하지 말아달라는 변명 아닌 변명이었다.

호남형으로 생긴 이한열 경위가 웃으며 말했다.

"알고 있습니다. 사실 일선 경찰서에서 하루 만에 용의자의 사진까지 확보한 것만도 대단한 성과입니다. 이제 잡아야지요."

"어떻게 할 생각입니까?"

"딱히 알아채고 저항하는 분위기가 아닌 것 같으니까…… 앞, 뒤 문을 막고 일층부터 조용히 뒤져보는 게 좋을 것 같습니다."

"알겠습니다. 우리가 함께 들어가도 되겠습니까?"

"쉿."

이한열 경위는 대답 대신 왼손 검지손가락을 자신의 입술에 댔다. 조용히 하라는 뜻이다.

상대의 대답을 기다리느라 최 반장이 잠시 머뭇거릴 때다.

갑자기 이한열 경위의 손이 어깨 높이로 올라갔다.

그리고 빠르고 단호하게 몇 차례의 수신호(手信號)를 보냈다.

스스슥.

순간 십여 명의 경찰특공대가 귀신처럼 펜션 안으로 스며들었다.

경찰특공대가 사라지자 형사들이 최 반장에게 우르르 몰려왔다.

"반장님, 우리는요?"

"……."

최 반장이 얼떨떨한 표정으로 눈만 끔뻑였다.

언제 갔는지 이한열 경위의 모습도 보이지 않았다. 눈 깜짝할 사이에 경찰특공대 홀로 작전을 벌이고 있었다.

"허, 당했어. 그 사람들 진짜 빠르구먼."

그제야 상황을 눈치챈 형사들이 한마디씩 거들었다.

"이런! 우리가 한발 늦은 건가요?"

"반장님, 그러려니 하세요. 걔들은 먹고 자는 거 빼면 테러 진압 훈련만 하잖아요."

최 반장이 발끈한 얼굴로 쏘아붙였다.
"우린 놀았냐?"
"대신 우린 잠복근무에 최적화되어 있잖습니까……."
"에잇! 좋다 말았네. 이 형사, 헛소리 그만하고 박 형사 데리고 가서 랜드로바나 잘 살펴봐. 괜히 경보음 울릴 수도 있으니까 차는 아직 건드리지 말고."
"예."
이 형사와 박 형사가 주차장 쪽으로 이동했다.

삼십 분이 지나자 경찰특공대가 하나 둘씩 펜션에서 빠져나왔다. 각 잡히게 뛰어 들어가던 것과 달리 흐물흐물한 움직임이다. 마지막으로 나온 사람은 이한열 경위였다. 터덜터덜 걸어오는 이한열 경위의 얼굴은 허탈해 보였다.
"반장님, 틀렸습니다. 아무도 없습니다. 펜션의 주인도 안 보입니다. 아예 사람의 흔적이 없어요."
"빈집이라는 말입니까?"
"네, 건물의 관리 상태를 보면…… 일 년 이상 비어 있었던 것 같습니다."
"허, 그럼 남은 건 저 랜드로바뿐인가……."
최병도 반장이 주차장으로 시선을 돌렸다.

경찰특공대가 펜션에서 나오자 형사 두 사람이 랜드로바의 뒷문을 힘껏 잡아 흔들었다. 이제나 저제나 기다리고 있던 이 형사와 박 형사다.

덜컥. 덜컥.

문을 몇 차례 잡아당기던 박 형사가 소리쳤다.

"반장님, 뒷문은 양쪽 다 잠겨 있는데요!"

맞은편에 있던 이 형사도 신경질적으로 손잡이를 흔들어댔다. 하지만 굳게 잠긴 문은 미동도 하지 않았다. 문을 포기한 이 형사는 뒷좌석 내부를 들여다보기 위해 안간힘을 썼다. 하지만 그것마저도 소용이 없었다. 창문의 선팅이 너무 진했던 것이다.

"뭐가 좀 보입니까?"

한국 인터폴의 신충원 경사가 이 형사의 곁으로 다가갔다.

이 형사가 고개를 설레설레 저었다.

"전혀 안 보입니다. 와! 진짜 선팅 더럽게 했네. 눈을 갖다 대고 봐도 안 보여요."

"허, 진하긴 진하군요."

이 형사와 신충원 경사가 노닥거리는 동안 뒷문을 포기한 박 형사는 운전석 쪽으로 이동했다.

그리고 별 생각 없이 운전석의 손잡이를 잡아당겼다.

"응? 여긴 열렸……."

꽈광!

문이 열리자마자 랜드로바가 굉음을 내며 폭발했다.

뒷좌석을 살피던 이 형사는 후폭풍으로 5미터 이상 날아가 바닥에 처박혔다.

한국 인터폴의 신충원 경사의 경우는 그보다 더 끔찍했다. 파편에 맞아 그 자리에서 목이 잘려버린 것이다.

하지만 가장 참혹하게 당한 사람은 문을 연 박 형사였다.

후두두둑. 툭. 툭.

갈기갈기 찢어진 박 형사의 몸이 우박처럼 사방에 떨어져 내렸다.

"으아아! 박 형사! 이 형사! 뭐야! 어떻게 된 거야!"

최병도 반장의 절규가 길게 이어졌다.

제7화

누가 방탄복이래!

구급차가 출동해서 겨우 숨만 쉬고 있는 이 형사를 싣고 사라졌다.

그러는 동안에도 경찰특공대와 기동대는 펜션 주변을 수색했다. 혹시라도 있을지 모르는 범인의 흔적을 찾아내기 위해서다. 하지만 아무런 단서도 발견할 수 없었다.

분노한 경찰들은 펜션 안까지 샅샅이 뒤지고 다녔다. 그러나 결과는 같았다. 불타고 있는 랜드로바의 잔해 외에는 새로운 것이 없었다.

이극렬 경위는 포항에 도착할 무렵 최병도 반장의 전화를 받았다.

최병도 반장의 목소리는 잔뜩 쉬어 있었다.

"이 경위님, 이쪽은…… 아무것도 없습니다. 아무래도 놈들은 그쪽에 있는 것 같습니다. 지금 어디쯤 가고 있습니까?"

"월포해수욕장 사거리입니다. 목적지까지 대략 4킬로미터 정도 남았습니다."

"거의 다 갔군요. 잘 들어요. 서두르지 말고 한 호흡 쉬었다가 갑시다. 포항북부경찰서 기동대에 지원 요청을 하겠습니다. 포항서의 지원이 도착하기 전까지 덮치지 마세요. 단독 행동을 하지 말라는 말입니다. 아주 위험한 놈들입니다."

"위험하다고요?"

이극렬 경위는 저도 모르게 되물었다. 납치범치고 위험하지 않은 놈이 어디 있다고?

"그놈들…… 보통이 아닙니다. 태안에 있던 랜드로바가…… 폭발했습니다. 경찰 두 명이 현장에서 즉사했고, 한 명은 중상입니다."

"네? 폭발요?"

이극렬 경위의 언성이 저도 모르게 올라갔다.

"그렇습니다. C4(Composition-4 Explosives)를 사용했다고 하더군요. 경찰특공대 폭발물 탐지반에서는 전문가의 솜씨 같다고 했습니다. 그러니까 그쪽에도 뭐가 있을지 몰라요. 무리하지 말고, 포항서의 사람들이 도착하거든 함께 움직이세요."

"알겠습니다. 포항서에서 지원이 올 때까지 기다리겠습니다."

전화를 끊자 조문기 형사가 기다렸다는 듯 물었다.

"폭발이라니…… 대체 무슨 소립니까?"

"태안에 있던 랜드로바가 폭발했답니다. 경찰 두 명이 사망하고…… 한 명은 중상이라네요."

"네에? 누가요! 누가 죽었대요?"

"그건 모르겠습니다. 반장님이 말을 해주지 않아서."

"아니, 그 개XX들이!"

분에 겨워 한참을 씩씩거리던 조 형사가 다시 물었다.

"그럼 범인들은 어떻게 됐답니까?"

"그쪽엔 아무도 없었다고 합니다. 반장님은 이쪽에 있는 것 같으니까 조심하라고 하네요. 포항북부경찰서에 지원을 요청할 테니까 함께 움직이랍니다."

"아! 젠장! 씨발!"

조문기 형사는 답답한지 잡고 있던 핸들을 몇 번이나 후려쳤다.

*　　*　　*

이극렬 경위와 조문기 형사의 차가 청진리에 도착한 시간은 4시 15분이었다. 목적지인 산15번지를 찾는 것은 어렵지 않았다. 바다가 보이는 야트막한 산에 별장 한 채가 우뚝 서 있었던 것이다. 워낙 웅장하게 지은 별장인지라 한눈에 들어왔다.

"사람이…… 제법 드나드는군요."

잡목 사이에 숨어서 지켜보던 이극렬 경위가 잔뜩 긴장한 표정으로 중얼거렸다. 넓은 마당과 본채 사이로 두세 명의 남자들이 오락가락하는 게 보였다.

"그러게 말입니다. 보이는 놈들만 두세 명인데…… 안에는 몇이나 있을까요?"

"글쎄요. 그건 그렇고 뭐하는 놈들인지 정말 궁금한데요."

넓은 주차장에 세워져 있는 수입 차들도 그렇고, 눈에 보이는 청년들도 범상치 않아 보였다. 맞춰 입은 듯 죄다 검은색의 양복을 빼입고 있는데 일체의 잡스러운 동작이 없다. 한국에 저런 조직이 있다니 믿어지지 않을 정도다.

지이이잉.

갑작스러운 휴대폰 진동음에 두 사람 모두 깜짝 놀라 서로를 쳐다보았다. 그만큼 긴장하고 있다는 뜻이다.

이극렬 경위는 재빨리 휴대전화를 꺼냈다. 그리고 최대한 소리를 낮추어 속삭였다.

"이극렬입니다."

"포항북부서 기동대의 손재영 경위입니다."

상대가 소속과 계급을 밝히자 이극렬 경위도 다시 말했다.

"반갑습니다. 서울경찰청 광역수사대의 이극렬 경위입니다."

"이 경위님, 지금 어디십니까?"

"청진리 산15번지 초입에 있는 야산입니다."

"우리도 지금 청진리에 접어들었습니다. 혹시 기동대 차가 보입니까?"

"네, 지금 봤습니다. 잠깐! 차량을 세우세요. 그 방향으로 조금 더 가면 산15번지의 별장에서 보일 수도 있습니다."

"아, 알겠습니다."

기동대의 승합차 한 대가 멈춰 섰다.

이극렬이 안도의 한숨을 내쉬며 물었다.

"하아, 그런데 지원은 몇 명이나 온 겁니까?"

"북부서의 경찰기동대 열두 명과 전경대 1개 중대가 왔습니다."

"전경대는 안 보이는데요?"

"그쪽은 산15번지로 통하는 길을 차단하고 있습니다."

"그럼 체포조는 기동대 열두 명과 이쪽 두 명이 전부인가요?"

"현재로써는 그렇습니다. 그런데 별장의 상황은 어떻습니까?"

"마당에 두세 명 보이는 게 전부입니다. 실내에 몇 명이 있는지는 알 수가 없군요."

"그럼, 반으로 나누어서 정문과 후문으로 진입하겠습니다. 이 경위님 일행은 어느 쪽으로?"

"우리는 정문 팀에 합류하겠습니다."
"알겠습니다. 그럼 4시 30분 정각에 진입하는 것으로 하죠. 괜찮겠습니까?"
"4시 30분, 좋습니다. 우리도 준비하겠습니다."
전화를 끊자 이극렬은 권총을 꺼냈다.
그리고 태연하게 공포탄을 빼고 실탄으로 다시 장전했다.
이극렬의 행동을 지켜보던 조문기 형사가 물었다.
"경위님, 공포탄은 왜……."
"태안에서 C4를 터뜨려 경찰을 살해한 놈들입니다. 순순히 잡혀줄 리가 없지 않습니까? 상대가 중무장을 했을지도 모르는데, 빈 총을 쏠 수는 없죠."
"그래도 규정상……."
이극렬 경위가 권총을 홀더에 넣으며 중얼거렸다.
"조 형사님은 규정대로 하세요. 나중에 향은 제가 잊지 않고 피워드리겠습니다."
한참 동안 고민하던 조문기 형사도 결국 권총에서 공포탄을 꺼냈다.
조문기 형사의 손은 극도의 긴장으로 덜덜 떨리고 있었다.
이극렬 경위가 긴장이라도 풀어줄 겸 농담을 건넸다.
"조 형사님, 수전증이라도 있나요?"
"어떻게 아셨습니까? 재활치료가 쉽지 않네요. 삼 년째 이 모양입니다. 이따가 조준이나 잘 될지 모르겠어요."

"……."

이극렬은 애써 아무렇지도 않은 표정을 지어 보였다.

하지만 충격은 쉽게 가시지 않았다. 저렇게 심각한 수전증은 본 적이 없다. 이런 파트너를 믿고 적진으로 뛰어들어야 하다니!

"농담입니다."

…….

'이런 상황에서 그런 농담은 하지 말란 말이다!'

이극렬 경위가 감정이 실린 눈으로 조 형사를 바라보고 있을 때다.

이번에는 조문기 형사가 장전한 권총을 허리 뒤춤에 찼다. 꽤나 익숙해 보이는 동작이었다.

"그거…… 위험하지 않겠습니까?"

이극렬 경위가 조 형사의 뒤를 가리켰다.

조문기 형사가 씨익 웃으며 담했다.

"멋있잖습니까. 약간의 위험은 감수해야죠."

"……."

이극렬 경위는 혼란에 빠지고 말았다. 심약해 보이는 외모와 달리 조 형사는 중증의 '스타일홀릭' 이었던 모양이다.

'사람은 겪어봐야 안다더니…….'

문득 겨드랑이 밑에 차고 있는 권총 홀더가 답답하게 느껴졌다.

"아가씨들이 한겨울에 미니스커트를 입고 다니는 것과 같은 이치입니다. 경위님도 한번 바꿔보세요. 짜릿합니다."

이극렬 경위가 뭐라고 한마디 하려는 순간이다.

삐뽀삐뽀삐뽀.

갑자기 기동대의 승합차가 요란한 사이렌을 울리며 별장 방향으로 달려 나갔다.

시계를 보니 4시 30분이다.

"갑시다!"

벌떡 일어난 이극렬 경위가 산 아래로 내달렸다. 기동대와 비슷한 시간에 정문을 돌파하려면 우물쭈물거릴 틈이 없었다.

*　　*　　*

"이런, 사이렌이군."

장우석이 벽에 걸려 있는 시계를 힐끔 바라보았다.

시계의 바늘은 4시 30분을 가리키고 있었다.

우당탕거리는 소리와 함께 정장을 입은 남자 하나가 방으로 뛰어 들어왔다.

"경찰입니다."

"알아, 사이렌 소리가 들리잖아. 들어봐. 삐뽀삐뽀. 저건 경찰차가 내는 소리야."

"어떻게 할까요?"

"뭘 어떻게 해? 시끄러우니까 조용히 시켜야지. 한국 경찰은 순진해서 너희가 야구 방망이나 회칼을 들고 있다고 생각할 거야. 아직 일이 끝나지 않았으니까 마당에서 조금 상대해 줘. 주차장에 있는 차에 흠집 나지 않게 주의들 하고."

"……죽입니까?"

남자가 재차 물었다.

"알아서 조용히 시켜."

"네!"

정장의 남자가 돌아 나갔다.

잠시 생각하던 장우석이 임지연에게 성큼성큼 다가갔다.

"이봐, 경찰 나부랭이가 왔다고 네가 살 수 있는 건 아냐. 헛된 꿈 버리고 일이나 빨리 해. 내가 전화를 하게 만들지 말라고. 알아들어?"

"……."

임지연은 묵묵히 키보드를 두드렸다.

실낱같은 희망이 생겼지만 그렇다고 사내가 하는 말을 거부할 수는 없었다. 시스템에 걸린 락을 해제해 주지 않으면 동생은 죽는다. 자신이 여기서 살아난다 해도 사내의 조직은 동생을 처참하게 죽일 것이다. 그러니 이 자리에서 죽든지, 락을 해제해 주어야 한다.

'내가 죽어야 가족이 산다.'

그렇게 생각하면서도 심장이 쿵쾅거리는 것은 어쩔 수 없었다. 밖에서 경찰차의 사이렌 소리가 쉬지 않고 울려대고 있었기 때문이다. 사이렌 소리는 바깥세상에서 지옥에 떨어진 자신에게 보내는 희망의 메시지였다. 어떻게든 삶의 희망을 버리지 말라는.

눈물이 왈칵 흘러내렸다.

딱히 울려고 한 것도 아닌데 눈물이 자꾸 흘렀다.

나중에는 눈물 때문에 모니터를 제대로 볼 수도 없을 정도였다.

그래도 손은 쉬지 않고 숫자를 찍고 있었다.

시스템의 락은 눈을 감고도 해제할 수 있기 때문이다.

락이 해제되는 만큼 죽음도 가깝게 느껴졌다.

희망을 품고 죽어야 하는 현실 앞에서, 임지연은 서럽게 울고만 있었다.

그림자처럼 구석진 자리를 지키고 있던 남자가 조용히 일어섰다.

"너의 장난이 통하지 않을 날이 올 거라고 했었지?"

"이봐, 진정해. 생각보다 조금 빨리 온 것뿐이야. 너도 알고 있잖아. 그들이 온다는 건 계획에 들어 있던 부분이라고.”

“좋아. 내가 손을 쓰게 하지 마. 너는 아직 우리가 아니야. 이번 일은 단지 너에게 주어진 기회일 뿐이라고.”

“알고 있으니까 신경 끄시지.”

그림자 사내가 다시 주저앉았다.

순간 그림자 사내는 못 참겠다는 듯 입을 벌리고 웃었는데, 소리가 나지 않았다. 진짜 그림자로 생각될 정도로 기괴한 모습이었다.

*　　*　　*

기동대의 승합차가 별장의 정문에 급정거했다. 곧이어 여섯 명의 기동대원이 뛰어 내려 별장의 정문을 막아섰다.

손재영 경위가 신호를 보내자 두 명의 기동대원이 마당으로 진입했다.

곧이어 네 명의 기동대원도 집 안으로 들어갔다.

뒤늦게 이극렬 경위와 조문기 형사가 숨을 헐떡이며 달려왔다. 두 사람은 호흡을 가다듬을 틈도 없이 대문 안으로 뛰어들었다.

꽈과광.

거대한 폭발음과 함께 기동대원들이 사방으로 날아갔다.

한 명은 즉사를 했고, 두 명은 피를 철철 흘리며 살려달라고 비명을 질렀다.

아비규환의 순간, 별장 안에서 검은 양복을 입은 남자들이 쏟아져 나왔다. 남자들의 손에 들린 것은 러시아제 자동권총인 스테츠킨(Stechkin APS)이었다.

타타타탕. 타탕. 탕. 탕. 탕.

"아악!"

"악!"

갑작스러운 총격에 이극렬 경위와 조문기 형사는 석탑 뒤로 몸을 날렸다.

퍼퍼퍽.

총탄이 퍼부어지자 돌가루가 정신없이 튄다.

이극렬 경위는 석탑 밖으로 손을 내밀고 미친 듯이 갈겨댔다.

탕. 탕. 탕. 탕. 탕. 탕. 탁. 탁.

M10 6연발 권총의 탄환이 떨어지자 둔탁한 소리가 울렸다. 그제야 이극렬 경위는 손을 끌어당겼다. 석탑에 긁혔는지 손목 안쪽이 훌렁 까져서 피가 배어 나오고 있었다. 하지만 고통은 느껴지지 않았다. 신경이 온통 정장을 한 남자들의 자동권총에 가 있었기 때문이다.

뒤늦게 기동대원들도 사격을 가하기 시작했다.

하지만 폭발로 크게 당황한데다가, 화력마저 정장의 남자들이 앞선지라 기동대원들만 죽어갔다.

"크윽!"

멀리서 또 한 사람의 기동대원이 총에 맞아 쓰러졌다.

이극렬 경위가 망연자실한 표정으로 조문기 형사를 바라보았다. 현실감이라고는 눈꼽만큼도 느껴지지 않았다. 전쟁터가 따로 없었다. 경찰이 된 이래로 이런 총격전은 들어본 적도 없다. 대한민국에서 이런 총격전이 벌어질 줄 누가 상상이나 해봤을까?

조문기 형사도 손목만 내놓고 총질을 하고 있었다.

쉬이이익. 쐐애애액.

솜털이 곤두서는 듯한 파열음이 귓속에 울려 퍼졌다. 탄환이 대기를 가르는 소리다. 스치기만 해도 몸이 박살 날 것 같은 느낌이다. 이극렬 경위는 상체를 더 숙였다. 저런 끔찍한 소리를 들으면 누구라도 움츠러들게 될 것이다.

"뭐해! 엄폐물을 찾아! 숨으란 말이다!"

그 와중에도 누군가 기동대를 독려하는 소리가 들려왔다.

이극렬 경위의 시선이 소리로 향했다.

아! 피튀기는 전장(戰場) 한가운데 기동대의 손재영 경위가 우뚝 서 있는 게 보였다. 언제 피격당했는지 그의 한쪽 어깨에서는 피가 줄줄 흘러나오고 있었다. 그래도 그는 눈을 똑바로 뜨고 정확히 응사하고 있었다. 아무도 알아주지 않는 이런 촌구석에 저런 경찰이 있을 줄이야!

이극렬 경위는 모멸감에 사로잡혔다.

"이 병신 같은 놈!"

권총의 손잡이로 자신의 머리통을 '퍽' 소리가 나도록 후려쳤다.

순간 정신이 번쩍 들었다. 자신이 왜 여기까지 왔는지, 무엇을 해야 하는지 떠올랐다.

이극렬은 누구를 향해 하는지도 모를 욕설을 내뱉으며 정면으로 달렸다.

"개자식들아!"

어쩐 일인지 살 떨리는 파공성은 더 이상 들리지 않았다. 그 대신 정장을 입은 남자들의 모습이 선명하게 눈에 들어왔다.

탕. 탕. 탕.

정장 남자 하나가 맥없이 고꾸라졌다.

정장의 남자들이 이극렬 경위를 향해 총구를 돌렸다.

타타타탕. 타타탕. 타탕.

이극렬 경위는 분수대의 기단(基壇) 아래로 몸을 굴렸다.

퍼퍼퍽. 퍼퍽.

머리 위로 벽돌 가루가 쏟아져 내렸다.

지면에 머리를 처박고 숨을 몇 번 몰아쉬자 흥분이 가라앉았다.

그제야 죽지 않고 살아 있는 게 천운이었다는 생각이 든다.

얼마나 시간이 지났을까?

이극렬 경위는 전황을 살피기 위해 슬쩍 고개를 들었다.

순간 이극렬 경위의 눈이 부릅떠졌다. 멀지 않은 곳에서 손재영 경위가 피를 뿜으며 넘어가고 있었다. 총탄에 직격당한 것 같았다.

"경위님!"

이극렬 경위가 낮은 포복으로 기어갔다. 손재영 경위를 이대로 죽게 해서는 안 될 것 같다는 생각 외에 다른 생각은 들지 않았다.

이극렬 경위는 손재영 경위를 끌어안고 다시 분수대 쪽으로 기기 시작했다.

하지만 좋은 운도 그것으로 끝이었다.

퍽.

총알에 등을 관통당한 이극렬 경위는 손재영 경위의 위로 쓰러졌다.

이극렬 경위는 붉게 물들어 가는 자신과 손재영 경위를 보면서 푸들푸들 웃었다. 얼마 지나지 않아 시끄럽기만 하던 세상이 조금씩 조용해졌다.

'이렇게 죽는 것도 괜찮군.'

이극렬 경위는 진심으로 그렇게 생각했다.

누가 또 뭘 잘못 건드렸는지 귀청을 찢는 폭발음이 들려왔다.

꽈꽝!

'그만 자고 싶다…….'

이극렬 경위는 서서히 정신을 잃어갔다.

그런 이극렬 경위의 몸을 누군가 세차게 잡아끌었다.

조문기 형사였다.

조문기 형사는 정신을 잃은 이극렬 경위를 분수대의 기단(基壇) 아래로 옮겼다.

연이어 손재영 경위의 몸도 끌어다가 이극렬 경위 곁에 나란히 눕혔다.

"헉! 헉! 아! 씨발, 진짜 개떡 같은 날이네. 여기가 무슨 베트남이야? 이게 뭐야?"

다행히 후문에서 진입한 기동대원들 덕분에 전투는 소강상태로 접어든 것 같았다. 정장의 남자들이 불시의 기습에 놀라 별장 안으로 몸을 피한 까닭이다.

조문기 형사는 조용한 틈을 타서 장내를 둘러보았다.

별장의 입구에 정장의 남자 넷이 쓰러져 있다.

마당에 누워 있는 기동대는 모두 일곱 명. 자기 곁의 두 명까지 합치면 사상자는 모두 아홉 명인 셈이다.

'그럼 남아 있는 사람은 다섯 명인가…….'

절망적인 결과였다.

'전경대는…… 오려나…….'

이제 남아 있는 희망은 오직 전경대뿐이다.

하지만 전경대가 와도 상대하기는 쉽지 않을 것이다. 상대는 어설픈 범죄자들이 아니라 자동권총으로 무장한 정예였다. 게다가 마당 곳곳에 부비트랩이 너무 많았다. 지금까지 들은 폭발음만 해도 세 번이나 된다. 전투가 앞마당 일부에서만 벌어졌는데도 그랬다.

*　　*　　*

잡목림 속에 은신해 있던 강유진이 자리에서 일어났다.

웬일인지 총성이 멎었다. 기동대와 납치범 양쪽 모두 적지 않은 타격을 받았거나, 다른 꿍꿍이가 있다는 뜻이다.

"기동대의 피해가 생각보다 큰 것 같은데……."

안타까웠지만 자신으로도 어쩔 수 없는 부분이었다. 납치범들이 마당에 부비트랩까지 설치했을 줄은 몰랐다. 게다가 자동권총이라니.

"그러고 보니 이름대로 논 건가……."

태안의 랜드로바가 속임수, 즉 거울(테스카틀)이었다면, 부비트랩의 폭발은 자욱한 연기(리포카)에 해당하는 셈이다.

그런데 폭발물은 이곳에만 있을까? 만약 태안 쪽에도 폭발물이 설치됐다면?

강유진의 표정이 어두워졌다.

자동권총에 폭발물이라니…… 이 납치 사건의 끝에 무엇이 기다리고 있을지 짐작도 되지 않는다.

"가만…… 관장님이 어디가 마혈(痲穴)이라고 했지?"

중얼거리던 강유진이 어깨를 더듬었다.

"여기 어디였는데…… 그렇지. 여기하고 여기군."

강유진은 거골혈(巨骨穴: 어깨뼈와 양팔의 뼈가 만나는 지점)과 천주혈(天柱穴: 목 뒷부분)을 확인하듯 더듬었다.

"살인자가 되고 싶지는 않으니까……."

강유진의 몸이 미끄러지듯 산 아래로 달려갔다.

"에르 쉬 바쿰!"

강유진의 머리 위로 세 개의 미스터리 서클이 동시에 떠올랐다.

서클은 나타나자마자 중첩되는가 싶더니 이내 밝은 빛을 내며 하나로 융화되었다.

"클레베스, 우다 칼라가덴."

강유진의 몸에서 한순간 파란 빛이 번득였다. 대지의 정령 클레베스가 강유진의 몸을 코팅하듯 감싸버린 까닭이다.

산 아래로 달려가던 강유진이 이를 악물었다. 클레베스가 총알을 막아줄지 어떨지는 알 수 없다. 하지만 지금 믿을 것은 그것밖에 없었다. 미리 실험이라도 했었어야 한다는 생각이 끊임없이 떠올랐다. 그러나 총알을 무슨 수로 실험한다는 말인가?

'내 인생은 결국 로또의 연속인 거냐!'

정문 밖에 기동대원 네 사람이 은폐하고 있었다. 납치범들의 완강한 저항에 밀려 일단 퇴각한 것 같았다. 분위기를 보니 전경대가 합류하기 전까지는 안으로 들어가지 못할 것 같았다. 인원이나 화력 면에서 납치범들에게 뒤처지기 때문이다.

강유진은 직선으로 가지 않고 뒤쪽으로 크게 돌아갔다.

지금 같은 상황에서 기동대 근처에 갔다가는 테러범으로 몰릴 뿐이다. 어쩌면 다짜고짜 총질부터 할지도 모른다.

높은 담장이 보인다.

강유진이 허공으로 내딛으며 속삭였다.

"벤투스, 헤라드 페사흐."

헤라드 페사흐는 '올려서 넘어가게 하라'는 뜻으로 벤투스의 마법어다. 과거 루인족들은 자신들의 마법 지식에 비추어 그걸 언령(言令)으로 오해하기도 했지만 실은 -강유진이 기억하고 있는 몇 안 되는- 정령의 언어였다.

강유진의 발밑으로 부드러운 기운이 일어나는가 싶더니 몸이 둥실 떠올랐다.

강유진은 마치 계단을 밟고 가듯 허공을 걸어 담장을 넘어가 버렸다.

"헉! 누구……."

뒤쪽의 정원을 순찰하던 정장 사내 하나가 총구를 들이댔다.

사내는 하늘에서 뚝 떨어진 남자를 보고 놀라 방아쇠 당기는 것도 잊은 듯했다.

"헤라드!"

강유진이 짧게 소리치자 사내의 몸이 허공으로 솟구쳤다.

휘익.

"으악!"

타타탕. 탕.

외마디 비명과 함께 사내가 방아쇠를 당겼다.

하지만 놀라서 발작적으로 방아쇠를 당긴 것인지라 위협이 되지는 못했다.

10미터 허공에 떠 있던 사내가 정신을 차리고 아래로 총구를 겨누었다.

강유진이 고개를 저으며 짧게 말했다.

"카데 바쿰!"

우왁스러운 바람의 정령 벤투스가 강유진의 뜻대로 사내의 팔을 '강하게 잡아 꺾었다'.

빠직.

"끄아악!"

총을 들고 있던 사내의 팔이 완전히 부러졌는지 덜렁거렸다.

그제야 강유진이 중얼거렸다.

"야라드."

쉬이이익.

벤투스가 '손을 놓자' 사내의 몸이 단숨에 지면으로 떨어져 내렸다.

사내의 건장한 몸이 땅바닥에 처박히기 직전이다.

깜짝 놀란 강유진이 잡아채듯 허공에 손을 뻗었다. 이대로 두면 죽는다고 생각해서 무심코 한 행동이다.

순간 바람의 정령 벤투스가 사내의 몸을 강하게 움켜잡았다. 미처 마법의 언어로 명령하지 않았는데도 움직여준 것이다.

"으으으……."

얼마나 놀랐는지 사내는 바지 위로 오줌까지 줄줄 흘리고 있었다.

사내에게 다가간 강유진이 나직이 물었다.

"건물 안에 몇 명이나 있지?"

"으으…… 사, 살려주십쇼……."

"안에 몇 명 있냐고."

"다, 다섯 명…… 있습니다. 제, 제발…… 살려주십쇼."

"임지연 씨는…… 아직 살아 있나?"

"네, 네…… 일을 하고 있는 것 같았습니다."

사내의 음성이 조금씩 선명해졌다. 정신을 차리고 있다는 뜻이다.

"임지연 씨는 어디 있나?"

"삼층에 있습니다."

"좋아."

"……."

뭐가 좋다는 것일까?

사내가 의아한 눈으로 상대를 바라볼 때다.

강유진이 손날로 사내의 뒷덜미를 힘껏 후려쳤다.

기절한 사내의 몸은 축 늘어졌지만 쓰러지지는 않았다. 아직 벤투스가 그를 잡고 있었던 것이다.

강유진이 가볍게 손짓하자 벤투스가 사내의 몸을 휙 집어 던졌다. 마치 강유진의 손짓을 흉내 내고 있는 것처럼 보였다.

"삼층이라고 했겠다……."

슬쩍 주위를 둘러보니 더 이상 정장의 사내들은 보이지 않았다.

'납치범들은 왜 건물 안에서 나오려고 하지 않는 것일까?'

경찰과 총격전까지 벌이고서 무슨 배짱으로 별장에 남아 있으려고 하는지 이해가 되지 않았다.

강유진은 별장으로 달리기 시작했다.

어디선가 사람의 신음 소리가 들려왔다.

힐끔 고개를 돌리니 분수대의 기단 아래에 누워 있는 남자 두 명이 보였다. 신음은 누워 있는 남자들의 입에서 흘러나오고 있었다.

혀를 차며 뛰고 있는데 '탕' 하는 소리와 함께 총알이 날아왔다.

흠칫 놀라 돌아보니 젊은 형사 하나가 보였다.

강유진은 납치범이 아니라는 뜻으로 손을 강하게 흔들었다.

탕. 탕.

하지만 상대는 그렇게 생각하는 것 같지 않았다.

팍. 퍽.

다행히 거리가 멀어서 총알은 2~3미터 이상 엉뚱한 곳을 맞추었지만 기분이 좋지는 않았다.

'어떻게 할까?'

형사 하나가 보고 있다고 생각하니 부담이 하늘을 찌른다. 형사의 눈앞에서 삼층까지 단번에 날아 올라갈 수는 없지 않은가?

잠시 고민하고 있을 때다.

타타탕. 타탕. 타타타탕. 탕.

납치범들이 고민거리를 단숨에 날려버렸다. 자신들에게 사격을 한 줄 알고 건물 안에서 응사하기 시작한 것이다.

퍼퍼퍽. 퍽. 퍽. 퍼퍼.

분수대가 삽시간에 벌집이 됐다.

형사는 납치범들의 총탄 세례에 질렸는지 납작하게 엎드렸다.

'이때다!

강유진의 발이 지면을 박찼다.

"벤투스, 헤라드!"

순간 강유진의 몸이 수직으로 상승했다.

눈앞으로 삼층의 데크가 빠르게 스쳐지나갔다.

'그만!'

속으로 외쳤지만 몸은 멈추지 않았다.

강유진은 '정령과의 교감이 생각처럼 쉽지 않다'는 것을 새삼 깨달았다. 시간이 날 때마다 정령술을 복습했지만 갈 길은 멀기만 했다. 흑탑의 여자는 '정령과의 교감을 강화시키는 것이 마법의 언어다. 많은 대화가 더 풍부한 관계를 가져온다'고 했었다.

'아직은 마법의 언어를 적재적소에 사용해야 한다는 건가?'

언젠가 -정령과의 교감이 완숙의 단계에 접어들면- 의지만으로 소통할 날이 올지도 모른다.

하지만 그날이 오늘은 아니었다.

"으헉!"

길게 생각할 틈이 없다.

빨리 적당한 마법의 언어를 찾아야만 한다. 잠깐 '야라드'를 떠올렸지만 이내 떨쳐버렸다. 그건 '손을 놓으라'는 뜻이니 그랬다가는 지면에 처박혀 죽게 될지도 몰랐다. 지금처럼 교감이 오락가락할 때는 더욱 그렇다.

별장의 지붕을 한참 지나친 뒤에야 강유진은 '샤바토르' 라는 단어를 기억해 냈다. 그것은 '하던 일을 잠시 멈추라' 는 뜻이었다.

"샤바토르!"

그제야 수직으로 상승하던 몸이 멈췄다.

더불어 모호하던 정령과의 교감도 다시 선명해졌다. 의사소통이 가능해졌기 때문이리라.

"카이데 자라드."

'천천히 내려가라' 는 뜻이다.

벤투스가 기쁜 듯 강유진의 몸을 떠받들어 아래로 움직였다.

잠시 후 삼층의 데크가 눈에 들어오자 강유진은 손을 뻗어 난간을 움켜잡았다.

'놔! 놔!'

데크에 남으려는 강유진과 계속해서 내려가려는 벤투스 사이에 보이지 않는 작은 실랑이가 벌어졌다.

"샤바토르! 샤바토르!"

그제야 바람의 정령 벤투스가 슬그머니 물러났다.

"휴우!"

겨우 삼층 데크를 밟고 선 강유진의 입에서 한숨이 흘러나왔다.

역시 사람은 두 발을 바닥에 대고 살아야 하는 생물인 모양이다. 그제야 비로소 마음이 놓였다.

강유진이 데크를 통해 삼층의 거실로 들어섰을 때다.

"천천히 돌아서라. 서툰 짓 하면 죽는다."

절반쯤 열려 있던 거실 화장실에서 정장의 사내가 권총을 겨누며 다가왔다.

강유진이 한숨을 내쉬며 돌아섰다.

사내가 감탄을 터뜨렸다.

"아니! 어떻게 삼층까지 기어올라온 거지? 너 누구냐?"

말을 하면서 사내의 시선은 데크 쪽을 향했다. 일행이 더 있는지를 살피려는 것이다. 자연스럽게 데크를 둘러본 사내가 총구를 흔들었다.

"그쪽으로 계속 가라. 형사냐?"

"아니."

"그럼, 국정원?"

가까이 다가온 사내의 얼굴이 조금 어두워졌다. 벌써 국정원까지 투입되었으면 헤쳐 나갈 길이 막막하다는 생각에서다.

"난 경비원."

"대답하고 싶지 않은 모양인데 그분께 가면 나와의 시간이 그리워질 거야."

"네가 말하는 그분이 장 테스카틀은 아니겠지?"

"알면서도 태연하다니, 재밌는 놈이로군. 멈춰라."

강유진이 순순히 걸음을 멈추었다.

사내가 닫혀 있는 방문을 가볍게 두드렸다.

똑똑똑.

방 안에서 신경질적인 음성이 들려왔다.

"누구야! 아무도 들어오지 말라는 말을 듣지 못했나?"

사내가 조심스럽게 답했다.

"삼층 거실에서 형사 하나를 잡았습니다."

"그래서 어쩌라고? 밖으로 던져버려! 개나 먹으라고 해!"

"예……."

사내가 울상을 지었다. 제 딴에는 칭찬을 받으려고 끌고 왔는데 그냥 죽이라니 무안했던 모양이다.

"돌아가자."

말과 함께 사내가 총구를 흔들었다. 빨리 움직이라는 뜻이다.

강유진은 그런 사내의 말을 무시하고 오히려 물었다.

"저 방 안에 임지연 씨가 있나?"

"미친놈, 알면 뭐하게? 저승길에 동무라도 하고 싶어서? 같이 묻어달라는 거냐?"

"뭐? 너희들 설마 임지연 씨를 죽일 계획이었나?"

"미친 새끼, 주제 파악이나 좀 하지 그래. 여기가 어딘 줄 알고……."

"알아. 여긴 내 바닥이야. 그거 이리 주고, 별장 주인 방금 바뀌었다고 전해. 벤투스, 아쿤."

말과 함께 강유진이 총구 앞으로 손바닥을 내밀었다.

쉬이익.

손바닥 앞에서 바람 소리가 들려왔다.

순간 사내가 방아쇠를 당겼다.

탕.

"뭐해? 주인 바뀌었다고 하라니까."

강유진이 사내의 눈앞에 주먹을 펴 보였다.

손바닥에 탄환 하나가 보인다.

대경실색한 사내는 뒷걸음질치며 미친 듯이 총을 쐈다.

탕. 탕. 탕. 탕.

네 발의 총알이 강유진의 근처에도 가지 못하고 바닥으로 떨어져 내렸다.

투투투툭.

"뭐, 뭐야, 방탄복?"

"누가 방탄복이래! 방패야! 방패!"

강유진이 소리를 버럭 내질렀다. 벤투스가 만들어준 '바람의 방패'를 고작 방탄복이라고 하다니!

강유진의 손가락이 다시 사내를 가리켰다.

"아이엔, 뮤토 사크리시움!"

쉬이익.

강유진의 손끝에서 쏟아져 나간 물대포가 사내의 가슴을 때렸다.

퍼엉.

사내는 비명을 지를 틈도 없이 거실까지 날아가 벽에 처박혔다.

"자식이 아무에게나 총질을 해대고 있어……."

중얼거리던 강유진은 사내가 두드렸던 방문 앞으로 걸어갔다. 그리고 있는 힘껏 방문을 걷어찼다.

콰앙.

방문 정첩째 뜯겨져 나간 문짝이 방 안으로 날아갔다.

제8화

크라노시안과 코리안의 차이

똑똑똑.

임지연은 방문을 두드리는 소리에 멈칫거렸다.

'밖에 어떤 변화가 생긴 것일까?'

잠잠하던 심장이 살고 싶다며 다시 요동쳤다.

순간 임지연의 맞은편에 앉아 있던 장우석이 버럭 소리를 내질렀다.

"누구야! 아무도 들어오지 말라는 말을 듣지 못했나?"

방문 건너편에서 조심스러운 대답이 들렸다.

"삼층 거실에서 형사 하나를 잡았습니다."

장우석이 임지연을 향해 히죽 웃어 보였다.

"그래서 어쩌라고? 밖으로 던져버려! 개나 먹으라고 해!"

말과 함께 장우석이 임지연에게 다가갔다.

"훗! 살고 싶어?"

"……."

임지연은 고개를 끄덕이고 싶은 것을 애써 눌러 참았다.

그냥 희롱하는 것뿐이다. 만약 살려줄 생각이 티끌만큼이라도 있었다면, 고문은 물론 가족들을 볼모로 잡지도 않았을 것이다.

"나는 거짓말은 하지 않아. 당신이 살 수 있는 딱 한 가지의 길이 있어."

임지연이 천천히 고개를 들어올렸다.

결국 본능이 이성을 눌렀다. 뻔한 거짓에 불과할지라도, 일단은 방법을 알고 싶었다.

"세상과 담을 쌓고 평생 연구만 할 각오가 되어 있다면, 살려줄 수도 있다고……."

"무슨…… 말……."

장우석이 임지연의 볼을 쓰다듬으며 속삭였다.

"이대로 죽기에는 아깝다는 생각이 들어서…… 우리를 위해 일을 해주겠다면…… 살려주는 것도 고려해 보겠다는 뜻이야…… 일종의…… 그래, 동업을 제안하는 거라고 생각해도 무방해."

"정말……인가요?"

“거짓말은 하지 않는다고 했잖아.”

“그럴게요…… 살려주세요.”

장우석이 담담한 미소로 말했다.

“그럼, 어서 락을 풀어. 지금까지 시간 끄느라고 애썼어.”

“……네.”

임지연이 마지막 엔터 키를 눌렀다.

순간 검은 모니터에 한 줄의 문장이 떠올랐다.

unlock is successful…….

과정의 지루함을 생각하면 해제는 허무하리만큼 짧은 시간에 이루어졌다.

“됐어요…….”

장우석이 허리를 구부려 화면의 글자를 읽었다.

“정말 이걸로 끝인가?”

“네…….”

“다시 락이 걸린다거나 하지는 않나?”

“네…….”

“확실하게 대답해. 다시 락이 걸리면 너와 네 가족은 죽는다.”

“다시 걸리지 않아요.”

임지연이 또박또박 답했다.

"수고했어."

장우석은 노트북을 끄고 모니터를 접었다.

잠시 후 노트북 가방을 챙겨 든 장우석이 한쪽 구석에 앉아 있는 그림자 사내에게 말했다.

"이봐, 들었지? 고용하고 말고는 그쪽 몫이야."

그림자 사내가 느릿하게 몸을 일으키며 중얼거렸다.

"정말 못된 남자로군. 마지막까지 그 여자에게 거짓 희망을 심어주다니. 장 테스카틀, 너의 사악함에 경의를 표한다."

"무, 무슨 소리예요?"

임지연이 장우석과 그림자 사내를 번갈아 바라보았다.

그림자 사내가 품안에서 권총을 꺼냈다.

"별거 아냐. 당신이 죽어줘야 이 연구가 합법적으로 우리 것이 될 수 있다는 뜻이야."

그제야 속았다는 것을 알게 된 임지연이 장우석을 노려보았다.

"이 나쁜……."

"미안, 하지만 시간을 끈 당신에게도 잘못은 있다고."

"정말…… 나쁜 놈……."

임지연이 태어나서 처음으로 욕이란 것을 해본 날이다. 그래서 그런지 분위기의 신선함은 장우석에게 고스란히 전해졌다.

"당신은 욕하는 모습조차 아름답군. 정말 아까워."

"……."

부들부들 떨던 임지연은 의자에 털썩 주저앉았다. 자꾸 말해봤자 자신만 초라해질 뿐이었다.

'이제 끝이구나…….'

임지연이 눈을 질끈 감았다.

굵은 눈물이 피와 땀으로 얼룩진 볼을 타고 내렸다.

그때다.

탕.

문밖에서 갑자기 총성이 들려왔다. 처음에는 납치범 일당이 끌고 가던 경찰을 쏜 줄로만 알았다.

그래서 임지연의 절망은 더 깊어졌다.

하지만 계속된 총성에 임지연은 눈을 번쩍 떴다.

타타타탕.

장우석과 그림자 사내의 시선이 마주쳤다.

잠시 머뭇거리던 장우석이 노트북 가방을 그림자 사내에게 건넸다. 그리고 문으로 걸어갔다.

콰앙.

폭음과 함께 문짝이 안쪽으로 날아왔다.

"크윽!"

장우석에게는 마른하늘에 날벼락이었다. 장우석은 문짝과 함께 뒤로 나뒹굴었다.

하지만 전투의 프로인 장우석은 이내 머리를 흔들며 부스스 일어섰다.

"으윽! 뭐야, 이거?"

어디서 본 듯한 남자 하나가 방 안으로 걸어 들어왔다.

장우석은 이마에서 흘러내리는 피를 손으로 닦으며 불청객을 관찰했다. 뜻밖에도 사내의 두 손은 비어 있었다.

장우석이 어이없다는 표정으로 물었다.

"뭐하는 놈이냐? 경찰이냐?"

순간 임지연의 입이 쩍 벌어졌다.

"……카론 님?"

"저런, 고생이 많으셨군요. 그래서 제가 조심하라고 하지 않았습니까?"

"여, 여긴 어떻게?"

강유진이 아무렇지도 않은 표정으로 답했다.

"저야 당연히 임지연 씨를 집으로 모셔가려고 왔지요. 설마 벌써 여기가 좋아진 건 아니겠죠?"

농담을 건네는 입과는 달리 눈에서는 한기가 풀풀 날렸다. 만신창이가 된 임지연을 보고 분노가 극에 달한 것이다.

"조, 조심하세요. 진짜 총……."

그림자 사내가 총구를 강유진에게로 돌리며 말했다.

"여기까지 오다니 제법이군. 하지만 상대를 잘못 만났다."

그림자 사내는 말과 함께 총을 쐈다.

탕.

하지만 총알은 강유진의 옷을 뚫지 못하고 바닥으로 툭 떨어져 내렸다.

강유진이 벤투스로 바람의 방패인 '아쿤'을 발동한 상태였던 것이다.

"……."

깜짝 놀란 그림자 사내가 발작적으로 방아쇠를 당겼다.

탕. 탕. 탕. 탕. 탕.

투투투투둑.

"방탄복?"

중얼거리던 장우석이 번개처럼 달려가 강유진의 얼굴을 후려쳤다.

강유진은 한 걸음 슬쩍 비켜서며 상대의 주먹을 움켜잡았다.

다음 순간 장우석의 몸이 허공으로 띄워지는가 싶더니 이내 방바닥에 처박혔다.

쿠웅.

강유진은 그러고도 성에 차지 않았는지 사내의 팔에 무릎을 대고 뒤로 꺾어버렸다. 합기도의 연속기였다.

콰직.

"끄아악!"

장우석의 입에서 찢어지는 듯한 비명이 터져 나왔다.

"자기도 당해봐야 고통이 뭔지 알지. 안 그래?"

강유진이 임지연의 곁에 서 있는 사내에게 시선을 돌렸다.

"너는 더한 놈이야. 어디서 함부로 총질이야!"

"……."

멍한 표정으로 눈을 끔뻑이던 그림자 사내의 얼굴에 이내 음울한 미소가 떠올랐다.

"한국은 신기한 나라군. 내가 탐을 낼 정도로 정말 대단한 옷이야. 이봐, 이것과 바꾸지 않겠나?"

그림자 사내가 노트북을 들어올려 보였다. 이 안에 들어 있는 데이터라면 세상에서 제일가는 부자가 될 수도 있었다.

"그게 네놈 물건이면 고려를 좀 해볼 텐데…… 이 몸은 장물에는 관심이 없다. 그리고……."

강유진이 그림자 사내를 향해 손을 뻗었다.

"여자에게 폭력을 행사하는 놈들과는 상종도 하지 않아."

"후후, 그래서? 어쩌겠다고? 여자가 아직 내 손에 있는 게 안 보이나 보지?"

그림자 사내가 임지연의 머리에 총구를 들이댔다. 그리고 쓰러져 있는 장우석에게 소리쳤다.

"장 테스카틀! 멍청한 놈! 일어서지 않고 뭐하고 있나!"

그림자 사내의 호통에 장우석이 억지로 몸을 일으켰다. 한쪽 팔이 덜렁거렸지만 신음은 흘리지 않았다.

"그만 철수다. 먼저 떠나라."

"……."

머뭇거리던 장우석은 고개를 떨구고 나갔다.

장우석이 사라지자 그림자 사내가 총구를 강유진에게로 돌렸다.

"그런데 세상에는 꿩 같은 녀석이 많아. 하나만 알지 둘은 생각할 줄 모르거든. 몸에는 옷을 걸쳤다 치자. 머리통은 어떻게 할 텐가?"

탕.

딱. 떼구르르.

이마에서 튕겨난 총알이 방바닥을 굴렀다.

그림자 사내의 눈이 찢어질 듯 부릅떠졌다. 총알을 튕겨내는 인간이라니?

멍한 눈으로 강유진을 바라보던 그림자 사내가 물었다.

"너…… 크라노시안(Kranosian)이었나?"

"미안하다. 코리안(Korean)이다."

그림자 사내의 표정이 딱딱하게 굳었다.

그것도 잠시, 그림자 사내는 총구를 임지연의 머리로 가져갔다.

"무슨 수법을 썼는지 모르겠지만 크라노시안이 아니라면 됐다. 여자를 살리고 싶으면 물러서라."

"아니, 살고 싶으면 네가 물러나야 해. 벤투스, 카데바쿰."

쉬익.

빠지직.

"크헉!"

바람 소리와 함께 총을 들고 있던 그림자 사내의 오른팔이 직각으로 꺾였다.

부러진 뼈가 피부를 뚫고 밖으로 튀어나왔다.

찢어진 팔에서 쏟아져 나온 피가 임지연의 머리 위로 콸콸 쏟아져 내렸다.

임지연은 피할 틈도 없이 그 피를 고스란히 뒤집어썼다.

부들부들 떨던 그림자 사내가 부러진 팔을 움켜잡고 뒷걸음질쳐 물러났다.

그림자 사내가 임지연에게서 떨어지자 강유진이 담담한 음성으로 말했다.

"임지연 씨, 이쪽으로 오세요."

"……네? 네, 네……."

임지연이 넋 나간 얼굴로 대답했다. 하지만 대답과 달리 임지연은 의자에서 일어나지 못했다.

쏟아져 내리는 피를 뒤집어쓰고 일시적인 공황상태에 빠져버린 것이다.

결국 강유진이 직접 가서 임지연의 손을 잡아 일으켜줬다.

임지연은 무릎이 풀렸는지 제대로 서지도 못했다.

강유진이 임지연의 귓가에 나직이 속삭였다.

"임지연 씨, 집에 가서 쉬셔야죠."

"네, 네……."

이윽고 강유진은 그림자 사내가 서 있던 벽으로 시선을 돌렸다.

그림자 사내가 푸들푸들 웃으며 말했다.

"오늘은 내가 졌다. 다음에 만나게 되면…… 꼭 복수를……."

"다음? 넌 평생 감옥에서 썩게 될 거야."

그림자 사내는 대꾸하지 않고 미소를 지어 보였다.

곧이어 잿빛의 얄팍한 입이 우물거리며 뜻 모를 말을 중얼거렸다.

"……OMURO MAU."

그림자 사내의 입이 마치 그린 것처럼 귀밑까지 쭉 찢어졌다.

그 기괴한 웃음에 저도 모르게 진저리를 치던 강유진이 눈을 부릅떴다.

"응?"

사내의 모습이 점점 흐려지고 있었다.

"뭐, 뭐야?"

강유진은 한 손으로 자신의 눈을 비볐다.

하지만 그건 시력의 문제가 아니었던 모양이다. 세계적인 마술사의 공연처럼, 눈앞에서 회색의 사내가 사라져 버렸던 것이다.

"……."
망연자실하게 서 있던 강유진은 깔끔하게 돌아섰다.
크라노시안이라는 말과 괴상한 주문이 신경 쓰였지만, 지금은 잊기로 했다.
갑자기 한쪽 팔에 무게가 실렸다. 힐끔 바라보니 위태하게 서 있던 임지연이 축 늘어져 있었다. 정신을 잃은 모양이다.
그런데 가만 살펴보니 임지연의 호흡이 불규칙하고 가늘었다. 빨리 병원으로 가지 않으면 큰일이 날 것 같았다.
강유진은 임지연을 번쩍 안아 들고 데크로 달려갔다.
…….
방금까지 총격전이 벌어진 곳이라는 게 믿어지지 않을 정도로 조용했다.
은밀하게 빠져나가려는 납치범들과 화력의 열세로 정면충돌을 피해야 하는 기동대의 상황이 공교롭게 어우러져 짧은 평화를 연출해내고 있었던 것이다.
시원한 바람이 전신으로 밀려들었다.
강유진은 심호흡을 크게 했다.
가슴을 누르던 답답함이 조금씩 사라져 갔다.
"벤투스, 헤라드 페사흐."
휘이이잉.
부드러우면서도 강한 바람이 강유진의 몸을 공중으로 띄워 올렸다.

강유진은 허공을 걸어 별장 밖으로 빠져나갔다.

*　　*　　*

임지연이 천천히 눈을 떴다.

병실의 하얀 벽이 보였다.

'병원?'

규칙적으로 떨어져 내리는 링거액이 관을 따라 손목으로 흘러 들어오고 있다.

피로 얼룩져 있던 옷 대신 깨끗한 환자복을 입고 있었다.

'여기가 어디지?'

임지연이 상체를 일으켰다.

작고 아담한 병실이다. 한눈에 보아도 서울의 큰 병원 같은 느낌은 들지 않았다. 창문 밖으로 작은 화단이 보였다.

임지연은 자리에서 일어나 링거대를 밀고 밖으로 나갔다.

작은 시골의 병원이었다.

지나가던 간호사 하나가 환하게 웃으며 다가왔다.

"괜찮으세요?"

"아, 네……."

임지연이 어색하게 인사를 받았다. 별장에서 정신을 잃었는데

병원이다. 누가 자신을 이곳으로 데리고 왔는지 궁금했지만 임지연은 묻지 않았다.

연구소의 주차장에서 납치를 당한 기억이 사람을 경계하게 만들고 있는 것이다.

"제가 언제…… 여기에 왔죠?"

"어제 오후 5시 조금 넘어서일 거예요."

"누가 저를……."

"아! 그분은 병실에 계시다가 식사하러 잠깐 나가셨어요. 곧 오실 거예요."

"……."

임지연의 눈이 반짝였다. 그는 분명 카론이라는 남자일 것이다.

가슴이 갑자기 두근거렸다.

지옥에 떨어진 자신을 구해준 남자.

총에 맞고도 무사한 남자.

카론의 웃는 얼굴과 부드러운 음성이 떠올랐다.

"병실에 들어가서 쉬고 계세요. 원장님 모시고 갈게요."

"네……."

임지연은 다시 병실로 돌아갔다.

그리고 거울 앞에 섰다.

핼쑥해지고 입술도 메말랐지만 다행히 큰 상처는 보이지 않았다.

임지연은 침으로 입술을 적셔보다가 피식 웃었다.
죽다가 살아난 주제에 하는 짓이라니!
거울을 보며 입술을 몇 번 삐죽여 보이던 임지연은 침대로 올라갔다.
가만히 누워 있자니 새삼 살아났다는 것에의 감동이 밀려왔다.

점심시간이 한참 지났지만 카론은 오지 않았다.
답답해진 임지연은 다시 일어났다.
똑똑.
임지연이 목소리를 가다듬고 말했다.
"네."
병실에서 대답하는 자신이 우스웠지만 이미 내뱉은 말이었다.
이윽고 문이 열렸다.
차트를 손에 든 오십 대 초반의 의사가 친절한 미소로 성큼성큼 다가왔다.
"임지연 씨, 어디 불편한 데는 없으세요?"
"네……."
임지연의 음성은 어딘지 풀이 죽어 보였다.
"쯧쯧! 목소리에 힘이 너무 없으시네요. 속은 불편하지 않으세요?"
"네……."

뚜벅뚜벅.

누군가 병실로 들어섰다.

임지연의 심장이 세차게 뛰기 시작했다. 심장 소리는 밖으로도 들릴 정도로 컸다.

심장 소리에 놀란 임지연은 고개를 푹 숙였다. 제멋대로 날뛰는 심장이 좀 진정돼야 눈도 마주할 수 있을 것 같았다.

그런 임지연의 귓가로 부드러운, 그러나 한편으로는 단호하게도 느껴지는 음성이 들려왔다.

"임 박사, 깨어났구나. 다행이다. 몸은 좀 어떻게…… 괜찮으냐?"

귀에 익은 임경수의 음성에 임지연이 고개를 번쩍 들었다.

"……작은아버지? 여긴 어떻게?"

"그 사람이 연락을 해왔다."

"카론 님?"

"그래."

"……."

임지연은 입을 꾹 다물었다.

카론이 떠났다고 생각하자 괜히 섭섭했다.

'고맙다는 인사도 못 했는데…….'

잠시 후 진찰을 마친 원장과 간호사가 돌아갔다.

병실에 둘만 남게 되자 임경수가 조심스럽게 물었다.

"험, 정신을 차리자마자 이런 이야기를 해서 미안하다만…… 경찰과 국정원에서 이런저런 이야기가 떠돌고 있더구나. 무슨 일이 있었던 건지 설명해 줄 수 있겠느냐?"

"……."

잠시 생각하던 임지연이 나직이 말했다.

"차 문을 열고 타려는데 뒤에서 누가 불렀어요. 그때…… 돌아보다가 정신을 잃었죠. 깨어나니까…… 바다가 내려다보이는 별장 같은 데에 있더라고요."

"누가, 왜 그런 짓을……."

"누군지는 모르겠어요. 그런데…… 제가 개발하고 있는 FPS 2010시스템까지 가지고 있더라고요. 어쩌면 연구소에서…… 누군가 빼돌렸는지도 몰라요."

"허!"

"거기에 락을 걸지 않았다면 전 이미 죽었을 거예요."

"……."

"제가 요즘 예감이 좋지 않아서…… 연구소에서 마지막으로 수정한 FPS 2010에 복사가 안 되게 락을 걸어놨거든요. 그걸 풀으라면서 전기 고문을…… 했어요. 자기들끼리 해봤는데 안 됐던 모양이죠? 후후…… 제가 어릴 때 그쪽에 좀 관심이 있었잖아요."

"고생했구나……."

임경수가 알아들었다는 듯 고개를 끄덕였다.

자신이 비서실에 근무한 지난 십 년의 세월 동안 가장 신경 써서 관리한 집안사람은 임지연이다.

처음에는 그룹의 발전이 아니라 가문의 명예를 지키기 위해서였다. 조카인 임지연은 이십 대 초반까지 해킹의 세계에 빠져 있었기 때문이다.

"가족들을 죽이겠다는 말에…… 그냥…… 락을 풀어줬어요. 사람이 더 중요하잖아요. 더구나 가족인데……."

임지연의 음성이 촉촉하게 젖어들었다. 그때를 생각하니 가슴이 저려왔던 것이다.

"그래, 누구라도 그랬을 게다."

임지연이 옷깃으로 눈물을 닦아내며 중얼거렸다.

"……죽기 직전에 카론 님이 나타났어요. 그분이 저를 구해줬어요. 어떻게 알고 왔을까요?"

"네가 납치를 당한 다음날…… 내가 아케론닷컴에 의뢰를 했었다."

"네? 어떻게 알고?"

"너도 알 거다. 대전에서 보았던 김준표라는 경호원. 그가 추천을 하더구나."

"그랬군요. 작은아버지의 의뢰로 와준 거였어요……."

임지연의 표정은 어쩐지 쓸쓸해 보였다.

…….

잠시 망설이던 임경수가 작정한 듯 입을 열었다.

“그건 그렇고…… 경찰과 국정원에서 네 연구를 두고 말이 좀 있었다.”

“무슨 말요?”

임지연이 의아한 눈으로 작은아버지를 바라보았다.

“너의 연구가 과장이 된 거라고…… 마치 너를 사기꾼처럼 말하더구나. 납치도…… 너의 자작극인 것 같다고 결론 내릴 정도였다.”

“네? 자작극요? 제가 왜요?”

“응? 네가 마지막으로 수정한 FPS 2010이 치명적인 오류를 일으켜서 못쓰게 되는 바람에…… 부담을 이기지 못하고 잠적한 것으로…….”

“네? 언제 오류를 일으켜요?”

임지연이 인상을 잔뜩 찡그렸다.

수정한 지 며칠이나 됐다고 벌써 오류를 일으킨단 말인가?

“연구원이 그날 너에게 전화로 알려줬다고 하던데…….”

“어머, 그게 무슨 소리예요? 그날 퇴근길에 전화통화 한 사람이 없었는데!”

임지연이 소리를 빽 질렀다.

오류가 난 것도 답답한데, 그걸 누가 알려줬다고 하니 어이가 없었던 것이다.

"잠깐만, 분명히 연구원 중에 한 사람이 너에게 전화로 알려줬다고…… 전화국에서 통화를 한 기록까지 확인이 됐는데…… 그런 적이 없다니?"

"그 연구원이 누군데요? 거짓말이에요. 어쩌면 그 사람이 시스템을 복사해서 빼돌렸는지도 모르겠네요."

"뭐라고!"

대경실색한 임경수가 휴대전화를 꺼내 들었다.

"잠깐만 기다려 보거라. 아무래도 경찰에 먼저 알려줘야 할 것 같구나."

임경수는 바로 전화를 걸었다.

"여보세요? 박 검사님? 임경수입니다."

"아, 부회장님! 근심이 크시겠습니다. 제가 어떻게든 임 박사님을 찾아……."

"그 문제라면 괜찮습니다. 그렇지 않아도 그 일로 알려드릴 게 있어서 전화를 했습니다. 임 박사는 어젯밤 마지막 진압 작전 직전에 우리 쪽에서 구했습니다."

"네에? 구했다고요?"

"그렇습니다. 고문을 심하게 당해서…… 치료와 요양 중에 있습니다."

"아아! 정말 다행입니다. 그런데 부상은 어느 정도나……."

임경수가 임지연을 힐끗 바라보았다.

일단 육안으로 보기에 큰 상처는 보이지 않았다. 하지만 전기 고문을 받았다고 하니 후유증이 만만치 않을 것이었다.

"……전기 고문을 심하게 당했습니다. 몇 달은 요양을 해야 할 것 같습니다."

"세상에! 상심이 크시겠습니다. 부회장님께…… 면목이 없습니다."

"아닙니다."

"임 박사님께 경찰이 보호해 주지 못해서…… 죄송하다고…… 전해주십시오. 그런데 지금 어디에 계십니까? 경과 조사를 위해서 찾아가 뵀으면 하는데요."

"그보다 더 급한 일이 있습니다. 우리 임 박사 말이…… 퇴근길에 연구원과 전화통화를 한 사실이 없다고 하는군요. 그리고…… 납치범들이 FPS 2010시스템의 복사본을 가지고 있었다고 합니다."

"뭐라고요! 그게 사실입니까!"

"임 박사가 직접 한 말입니다. 시스템에 복사 방지 락을 걸어두었는데…… 납치범들이 그걸 풀라고 고문을 한 모양입니다."

"연구소에 공범이 있었군요!"

"네, 그 연구원을 조사하면 뭔가 나오지 않겠습니까?"

"알겠습니다. 일단 연구원의 신병을 확보한 후에 다시 연락드리겠습니다.”

임경수는 전화를 끊고 생각에 잠겼다.

이렇게 되면 과장이니 사기니 하던 이야기가 모두 거짓말이라는 뜻이다. 어제의 충격전도 임 박사의 FPS 2010시스템을 빼가기 위해 저지른 짓이 아닌가! 임 박사의 시스템이 엉터리였다면 그런 일은 벌어지지 않았을 것이었다.

“작은아버지, 누구랑 통화한 거예요?”

“박 검사라고 유능한 젊은이지. 그룹의 장학 프로그램 혜택을 받은 사람 가운데 하나란다.”

“아…….”

임지연이 씁쓰름한 표정을 지어 보였다.

가끔씩 언론에 등장하는 재벌의 사람 키우기 프로젝트에 대성그룹도 동참하고 있었다니? 왠지 유쾌하지 않았다.

그런 임지연의 표정이 신경 쓰였던지 임경수가 좀 더 설명을 붙였다.

“우리 대성그룹에서 장학 사업을 하는 것은 기업의 사회적 책무를 다하기 위해서일 뿐이다. 그 과정에서 인맥이 쌓이는 것은 어쩔 수 없지 않느냐? 우리는 단 한 번도 탈세나 불법적인 사업의 뒤치다꺼리를 위해 그들을 이용한 적은 없다. 우리와 장학생들과의 관계는 그저 인지상정(人之常情) 정도의 수준이라는 말이다.”

"아무쪼록 그 마음 변치 않으시길 바라요."

"험, 그건 그렇고. 네가 개발한 그 시스템 말이다. 쓸 만은 한 거냐?"

"쓸 만하냐고요? 그런 건 성공적으로 연구했다는 사실 하나만으로도 충분히 만족스러운 거예요."

"정정하마. 전문가가 볼 때 언제쯤 상용화가 가능하냐?"

"글쎄요, 최 교수님은 이삼 년 이내라고 예상하시던데…… 저는 잘 모르겠어요."

"그래? 이삼 년 이내에 상용화가 될 거라면 실로 엄청난 것인데…… 연구소에서는 왜 그렇게 너의 연구 실적을 폄하한 거지?"

아무리 치명적인 에러가 발생했다고 해도 그건 좀 심하다는 생각이 든다.

"원래 이 바닥은 견제하는 사람이 많아요. 시스템도 에러 나고, 저도 사라졌다니까, 죽으러 간 줄 알고 흉을 좀 세게 본 거겠죠. 시스템이 깨지고, 저까지 사라지면 연구소 자체가 공중분해 되잖아요. 누구에겐가 책임을 지워야죠. 지금까지 들어간 돈이 얼만데……."

"네 말을 듣고 보니 이해가 간다. 이참에 연구소를 나오는 건 어떻겠느냐?"

"나가라고요?"

"그래, 그쪽보다는 그룹의 연구소가 더…… 시설이나 보안 면에서 좋을 게다. 물론 네 실적을 시샘하는 사람도 없을 거고."

"연구소에서 저를 놔주겠어요?"

"안 놔주면? 자기들 말대로 하면 네 연구는 쓸모도 없는 건데."

"정말 그랬단 말이에요?"

"허! 내가 거짓말을 하고 있는 줄 아느냐? 연구소에서는 '임 박사가 초기 단계의 연구를 하고 있으면서 벌써 완성한 것처럼 떠벌리고 다녔다' 고 난리도 아니었다. 국정원과 경찰에서 괜히 네가 잠적했다고 생각한 줄 아느냐?"

"하아! 정말 너무하네요. 그 문제는 좀 더 알아보고 말씀드릴게요."

"그래, 우리는 사람과 장비 모두 갖추어 놨으니까, 아무 때라도 말만 하거라. 회장님도 너에게 거는 기대가 크시다."

"훗! 작은아버지는 형제인데도 회장님이라고 하세요?"

"쩝, 비서실에서 십 년 이상 지내봐라. 형님 아니라 동생이라고 해도 회장님 소리가 입에 붙지."

빙긋 웃던 임지연이 문득 물었다.

"그런데 여긴 어디예요? 지방인 것 같은데……."

"포항에 있는 작은 의원이다. 그 사람 말로는…… 네 상태가 좋지 않아 가까운 병원에 입원을 시킨 거라고 하더구나."

"그랬군요. 그분은…… 가셨나요?"

"왜? 그에게 할 말이라도 있었던 게냐?"

"아뇨, 그냥…… 감사하다는 인사를 드리고 싶어서……."

임지연이 말끝을 흐렸다. 활동경비를 자동이체 한 뒤로 카론과의 모든 관계가 끝났다고 생각했다. 그래서 스토커가 더 있는 것 같다는 카론의 전화를 참 냉정하게 끊어버렸다. 그래서 더 미안한 마음이 드는지도 모른다.

"회장님이 직접 그를 만나보겠다고 하셨으니까…… 너무 신경 쓰지 않아도 된다. 지금은 몸을 추스를 생각만 하거라."

"큰아버지가요? 별일이네요. 큰아버지는 대통령이 불러도 이 핑계 저 핑계 대고 피하는 분이잖아요."

"조카를 구해준 사람인데 그 정도는 약과가 아니겠느냐?"

"에이, 이상하네……."

임지연이 고개를 갸웃거리자 임경수가 웃으며 말했다.

"하하! 그 사람이 우리 대성그룹의 직원이었다는 것은 알고 있느냐?"

"네? 정말요?"

"그래, 회장님도 그런 이유로 만나보려고 하시는 것 같다. 보통 인연이 아니라고 생각하시는 거겠지. 그의 도움이 필요해서 그런지도 모르고."

"그분이 그룹에 있었다는 건 몰랐어요. 그런데 과연 그분이 큰아버지를 도와줄까요?"

"돈이면 귀신도 부린다고 하지 않더냐."

"후후, 그분은 돈 때문에 움직이는 분이 아니에요."

"뭐, 회장님이 알아서 잘 하시겠지. 그런데 궁금한 게 하나 있다."

"뭔데요?"

"그 사람이 너를 구한 것은 분명한데…… 어떻게 구했는지는 가르쳐주지 않더구나. 포항에서만 전경대 1개 중대와 기동대원 열두 명이 투입이 되었는데…… 사상자가 자그마치 열다섯 명이나 됐다. 호기심에 그의 병적기록을 조사해 봤는데…… 그냥 평범한 육군 병장 출신이었다."

"……많은 분들이 희생됐군요. 납치범들은 잡았나요?"

"납치범들은 대부분 현장에서 사살됐다. 아쉽게도 주범인 장 테스카틀은 발견되지 않았지만, 아마도 달아났겠지. 총격전이 밤 10시까지 계속됐었다고 하니까……."

"……."

"그 많은 인력으로도 하지 못했는데, 그가 도대체 무슨 수로 너를 빼내온 것인지 혹시 아는 바가 있느냐?"

"그분은……."

임지연의 눈이 반짝였다. 말을 해줘도 믿지 못할 것이다. 사실대로 '총알을 튕겨내더라' 고 말하면 정신과 의사를 부르려 할지도 모른다.

"……그분이 구해주러 왔다고 말한 것밖에 딱히 기억나는 게 없어요. 긴장이 풀려서 바로 기절을 했으니까요."

"그랬을 게다."

임경수가 아쉬운 눈으로 임지연을 바라보았다.

회장 비서실 생활로 잔뼈가 굵어 '유용한 정보의 수집이 인생의 유일한 낙'이 되어버린 임경수로서는 훌륭한 먹잇감을 놓친 기분이었다.

"참, 그런데…… 납치범들에게 그 연구 결과가 넘어갔으니 타격이 크겠구나. 그걸 이용해서 그들이 플라즈마 전지를 내는 데 시간이 어느 정도 걸릴 것 같으냐?"

"그걸로는 어림도 없어요."

"후속 연구가 중요하다는 뜻이냐?"

"아니요. 그들이 가져간 게 쓰레기라는 뜻이에요."

"쓰레기?"

"네, 명색이 해커 출신인 제가 어차피 죽을 걸 알면서 평생의 연구를 넘겨줬겠어요?"

"락을 풀어줬다면서?"

"시스템에 걸린 건 락이 아니라 제가 전성기 때 만들었던 '종결자'라는 바이러스 프로그램이에요. 그걸 해제하면 진짜 종결자가 튀쳐나와서 활약하게 되는 거죠. 누군가 그걸 복사했다면 진짜 엉망이 뭔지 보게 될 거예요."

*　　*　　*

포항종합병원의 중환자실에 두 남자가 사이좋게 누워 있었다. 이극렬 경위와 조문기 형사다.

멍한 표정으로 천장을 바라보고 있던 조문기 형사가 독백하듯 중얼거렸다.

"경위님, 우리가 그날 본 건 대체 뭐였습니까?"

이극렬 경위는 조문기 형사의 말을 듣지 못한 척했다. 자신이라고 그 일이 궁금하지 않을까! 하지만 지은 죄가 있어서 진실을 밝힐 수는 없었다.

"잘 생각해 보세요. 그날 경위님이 먼저 발견하고 놀라지 않았습니까?"

그래서 이극렬 경위는 더 호응하지 못했다.

조 형사가 흔드는 바람에 잠깐 정신을 차렸을 때, 걸어가는 사람을 보았다.

문제는 그 사람이 공중을 걷고 있었다는 것이다. 그날 여자를 품에 안고 걸어간 사람이 강 선생만 아니었어도, 함께 이야기의 꽃을 피웠을 터였다.

조문기 형사는 -넋 놓고 보고 있던 자신의 시선을 따라 고개를 돌리다가- 멀어져 가는 강 선생의 뒷모습을 본 죄밖에 없다.

"경위님?"

"조 형사님, 그보다는 그날 밤에 조 형사님 엉덩이를 쏜 친구나 찾아봐요. 전경대의 총알이라니까…… 작정하고 찾으면 알 수 있을 겁니다."

이극렬 경위는 소재를 다른 방향으로 슬쩍 돌렸다.

삼 일 전 조문기 형사는 경위 두 사람을 구하는 영웅적인 면모를 보였지만, 애석하게도 막판에 들이닥친 전경대의 총에 엉덩이를 맞았다. 어두운 탓도 있지만, 조문기 형사가 최전방에 위치한 것이 원인이었다. 인질범들과 전경대가 마지막 총격전을 벌인 곳이 하필 분수대 근처였던 것이다.

"에이, 찾아서 뭐하게요. 괜히 속만 쓰리죠."

"저 같으면 엉덩이라도 한 대 걷어차 주겠습니다."

"그러고 싶지 않습니다. 전경대에서도 여덟 명이나 사상자가 나왔다는데…… 이해해 줘야죠. 캄캄한 밤이라 겨누고 쐈어도 못 맞췄을 텐데……."

"그나저나 위에서 쉬쉬해서 훈장도 못 받고 억울하겠습니다."

'임 박사를 보호해야 한다'는 국정원의 지침과 '경찰의 대응이 안일했다'는 경찰 내부의 비판 때문에 이번 일은 묻혀버렸다. 경위 두 사람을 구한 조문기 형사의 입장에서는 많이 아쉬울 것이었다.

"그래도 일계급 특진은 시켜준다니까…… 괜찮습니다. 저는 실속을 중요하게 생각하거든요. 경위님도 특진 대상이라고 하던데요."

이극렬 경위가 아니었으면 포항 작전은 애초에 불가능했다. 그래서 비록 많은 희생자를 낸 드러내기 민망한 작전이지만 이극렬 경위도 포상을 받게 된 것이었다. 사실 이극렬 경위의 제보가 아니었으면 경찰의 체면도 땅에 떨어졌을 테니 당연한 것인지도 모른다.

이극렬 경위가 허탈한 음성으로 중얼거렸다.

"솔직히 특진보다…… 나는 그놈들의 정체나 알았으면 소원이 없겠어요. 대한민국에서…… 경찰을 자동권총으로 쏘다니…… 미쳐도 정도가 있지……."

"저도 아주 죽는 줄 알았습니다. 다행히 임 박사님은 구출됐다죠? 참, 그때 분명히 그 남자가 여자를 안고 가지 않았습니까? 그게 임 박사였을까요?"

조문기 형사가 다시 본래의 주제로 돌아갔다.

"글쎄요…… 외상 후유증인지…… 그날의 기억이 흐릿해서요…… 제가 기억하는 건…… 조 형사님이 저를 격하게 흔드는 바람에…… 총 맞은 자리에서 피가 엄청 쏟아져 나왔다는 거 정도? 병원에서는 응급조치도 안 받고도 살아난 걸 기적이라고 하더군요."

"……남는 피라도 드릴까요?"

"여기가 무슨 고스톱 판인 줄 아십니까? 그리고 피 관리는 자기가 알아서 해야 하는 겁니다."

제9화

무자식이 상팔자

새벽이 되자 강유진은 부스스 일어났다. 이제는 거의 습관이 되어버린 새벽 조깅을 위해서다. 임경수는 감사하다며 며칠 쉬고 미술관 출근을 하라고 했지만 정중히 사양했다. 하루라도 빨리 정상적인 생활로 돌아가고 싶었기 때문이다. 정상적이라고 해봐야 좁은 원룸과 미술관을 오가는 궁색한 생활이었지만, 그래도 그룹의 법인카드를 가지고 다니는 것보다 마음이 편했다.

물을 마시기 위해 주방으로 간 강유진은 마침 싱크대 앞에 서 있던 김민정과 마주쳤다.

"안녕하세요?"

며칠 만이라고 김민정이 어색하게 인사를 건넸다.

"어, 그래."

"오빠, 일찍 일어나셨네요?"

"응, 목이 좀 말라서. 물을 좀 마시려고."

"그랬구나. 요즘 안 보이던데…… 어디 갔었어요?"

"어, 이틀 정도 출장 갔었어. 너는 시험 잘 준비하고 있는 거냐?"

"네. 기억하고 계시네요?"

"당연하지. 내가 아는 사람 중에 아직 공무원이 없거든. 네가 합격하면 1번이라고. 나중에 어려운 부탁할지도 모르는데 당연히 기억하고 있어야지."

"어머, 아직 9급 공무원 시험도 안 봤는데 벌써 청탁?"

"민정아, 청탁이 뭐냐? 아는 사람끼리 인지상정이라고 해야지."

"좋아요. 그럼 나 시험 보는 날 뭐 해줄 거예요?"

김민정이 강유진의 눈을 말똥말똥 바라보았다. 뭔가 기대하는 눈빛이다.

"엥? 그런 거도 있어야 돼?"

"인지상정이라면서요? 이쁜 동생이 시험 보는데 오빠가 모른 척?"

"음, 유성팬 사줘? 공무원 시험도 OMR카드에 색칠하는 거지?"

"칫! 그런 건 됐고요! 시험 보고 나면 술 사줘요!"

술 사달라는 말은 전처와 연애를 할 때 자주 듣던 소리다. 십여 년 만에 여자에게 그런 소리를 들으니 기분이 이상했다. 그러고 보니 김민정은 전처와 한창 사귀고 있을 때와 비슷한 나이다. 이래저래 복잡한 마음에 강유진은 머리를 벅벅 긁으며 되물었다.

"술? 너 술 잘 마시냐?"

"쫌 마신다죠?"

"난 많이 못 마시는데……."

강유진이 벌써부터 걱정스러운 표정으로 김민정을 바라보았다.

김민정은 강유진이 -경비 일을 하기 때문에- 돈에 쪼들려서 그런 줄 알고 방긋 웃으며 말했다.

"저도 맛만 볼 테니까 사줘요. 알았죠?"

"그럴까……."

"앗! 남자가 쪼잔하게 그럴까가 뭐야! 내가 공무원 되면 오빠 진짜 팔자가 확~ 피는 건데."

"네가 공무원이 되는데 내 팔자가 필 건 또 뭐냐?"

"공무원 알고 지내면 얼마나 좋은데요. 병원 화장실 청소하는 아줌마만 알고 지내도 없던 입원실이 바로 생긴다던데!"

"알겠는데 공무원 알고 지내면 뭐가 좋아?"

"음, 뭐가 좋지?"

김민정이 고개를 갸웃거렸다. 막상 좋은 점을 말하려니 생각나는 게 없었다.

한참 고민하던 김민정이 손뼉을 치며 말했다.

"맞다! 오빠 나중에 경찰서 가거든 날 불러요! 공무원이 신원 보증해 주면 바로 보내주잖아요!"

"그건 좀 아닌 거 같다. 검사나 판사 정도 돼야 그냥 보내주지 않냐?"

"오빠, 경찰서 불려가서 아는 공무원 이름 대본 적 있어요?"

"없지."

"없으면 말을 하지 마세요. 술, OK?"

"그래, OK다. 그까이꺼 얼마나 한다고. 내가 사주마."

"호호! 알았어요. 나중에 오리발 내밀면 안 돼요. 알았죠?"

김민정이 웃으며 물 컵을 건넸다.

"당연하지."

강유진이 웃으며 김민정을 바라보았다.

아직 어린 아가씨이니 험한 세상에서 적지 않은 스트레스를 받으며 살고 있을 것이다. 술 한잔으로 위로가 된다면 함께 마셔주리라. 가장 비참한 생활을 하고 있을 때 그녀가 베풀어준 친절을 생각하면 그건 일도 아니었다.

강유진은 원룸텔에서 나와 새벽안개로 자욱한 길을 달려 강변으로 나갔다.

강에 도착하니 안개는 더욱 짙어져 2미터 앞도 보이지 않았다. 주변을 둘러보니 우중충한 날씨라 그런지 운동하는 사람도 없다.

"에르 쉬 바쿰!"

강유진의 머리 위로 세 개의 미스터리 서클이 떠올랐다.

곧이어 눈앞에서 차원의 입구가 소용돌이 쳤다. 그건 마치 허블 망원경으로 은하를 찍은 것과 비슷한 광경이었다.

'아름답다…….'

물안개 속에서 빛나는 차원의 입구를 보고 있자니 자신이 우주에 둥둥 떠 있는 기분이 든다.

그것은 물로 된 우주.

"아이엔."

강유진의 눈앞에 흑탑에서 보았던 투명한 여자의 모습이 떠올랐다. 카론처럼 어느새 강유진의 머릿속에도 그녀의 형상이 각인되었던 모양이다.

투명하게 빛나는 아이엔은 물안개 속이 좋은 듯 팔까지 벌리고 근처를 빙빙 돌았다. 마치 사람이 두 팔을 벌리고 바람을 즐기듯 말이다.

강유진이 손을 뻗었다.

물안개 속에 떠 있던 아이엔도 강유진에게 손을 뻗어왔다.

부드럽고도 촉촉한 느낌이다.

강유진은 저도 모르게 아이엔의 손을 잡았다.

'이럴 수가!'

강유진의 입이 쩍 벌어졌다. 인간 여자의 손을 잡은 것과 같은 느낌이었다. 다른 거라면 조금 더 촉촉하고 부드럽다는 정도다. 아이엔이 지능을 가진 생명 에너지라는 것은 알고 있다. 하지만 실체가 이렇게까지 인간과 비슷할 줄은 미처 몰랐다.

굳이 인간 여자와 다른 점을 찾으라고 한다면, 아이엔은 무심하게 손을 맡기고 있다는 정도다. 정말 그런 무덤덤함을 빼면 인간의 손을 잡고 있다고 착각할 정도였다.

강유진은 저도 모르게 아이엔의 눈을 바라보았다.

아이엔의 눈은 투명했다.

그 한없이 맑고 투명한 눈과 마주하고 있자니 부끄러웠다. 자신의 이기심과 욕망이 상대에게 고스란히 전해졌을 것 같다는 생각이 들었다.

"미안. 너희들과 달리…… 인간은 좀 구질구질해. 물론 덜한 사람도 있겠지만…… 나는 심한 편이야."

강유진의 변명에 아이엔의 얼굴에 미소가 떠올랐다.

'내가 한 말을 알아들었나?'

강유진이 고개를 갸웃거렸다. 정령들과는 마법의 언어가 아니면 의사소통이 되지 않았다. 그런데 지금 자신의 말에 아이엔이 웃고 있었다. 모두 이해한다는 그런 표정으로 말이다. 아름답지만 무표정하던 얼굴도 오래된 친구처럼 포근하게 느껴졌다.

아이엔의 손을 놓았다. 아이엔이 물안개 속으로 녹아들었다.

"벤투스."

휘이잉.

자욱하던 물안개가 사방으로 흩어졌다.

그리고 물안개를 밀어낸 자리에 한 소년이 나타났다.

아무리 봐도 벤투스는 소년 시절의 카론을 닮았다. 흑탑에서 어린 카론은 벤투스를 불러 종종 놀곤 했는데 그 모습이 인상 깊게 남아 있었던 모양이다.

"벤투스, 소년처럼 보이지만 너도 오래 살았을 거야. 그렇지?"

강유진의 혼잣말에 벤투스는 깔깔 웃었다. 벤투스가 배를 잡고 웃을 때마다 소리 대신 주변의 바람이 거세게 요동쳤다.

강유진은 벤투스와 관계된 마법의 언어들을 생각해 보았다.

벤투스와 관계된 마법의 언어는 다른 정령보다 많았다. 평소 흑탑의 카론이 벤투스와 어울려 놀기를 즐겨 한 탓이다. 덕분에 강유진도 벤투스와 관계된 많은 마법어를 배울 수 있었다. 그건 다른 정령보다 더 세밀하게 조정할 수 있다는 뜻이기도 했다.

내친김에 강유진은 플라멘과 클레베스까지 불러내 알고 있는 마법어를 확인했다. 하지만 단지 기억하고 있는 마법의 언어들을 복습하는 것으로 끝나지 않았다. 마법어에 대한 정령의 반응과 각각의 마법어들을 어떻게 조합할 수 있는지까지도 궁리했다. 마법을 쓰는 정체불명의 사람들과 언제 맞닥뜨리게 될지 모르니 정령술에 대한 이해와 활용의 범위를 넓히고 싶었던 것이다.

*　　*　　*

마리나 미술관으로 출근한 강유진은 큐레이터인 이지영의 열렬한 환영을 받았다.

이지영은 그동안 수고했다면서 예정에 없던 점심까지 사주었다. 물론 이지영이 말한 수고의 의미는 '그동안 미술관에서 일하느라 고생했다는' 는 것이었다. 포항에서 무슨 일이 있었는지 모르니 당연한 것인지도 모른다.

식사 후 미술관으로 돌아와서도 이지영은 강유진의 주변을 맴돌았다.

견디다 못한 강유진은 자신의 곁에 서 있는 이지영에게 물을 수밖에 없었다.

"혹시 저에게 무슨 볼일이라도 있나요?"

이지영이 배시시 웃으며 답했다.

"어머, 큐레이터가 미술관에 나와 있는 게 이상해요?"

"계속 제 주변에 있는 것 같아서 그러는 겁니다."

"어머머? 내가 아저씨에게 관심이 있다고 생각하는 거예요? 혹시 왕자병?"

"뭐, 볼일이 없으면 됐고요."

강유진이 다소 퉁명스럽게 말을 받았다.

그렇지 않아도 회색의 사나이가 한 말이 자꾸 생각나서 머리가 아플 지경이다. 도저히 이지영의 말장난을 받아줄 기분이 아니었다.

"흥! 점심까지 대접했는데, 같은 직원끼리 너무한 거 아니에요?"

점심까지는 알겠는데, 같은 직원이라니? 관장의 딸인 큐레이터와 급조된 경비원이 같은 직원일 리가 없지 않은가!

"같은 직원이라고 하시니…… 제 낯이 다 뜨겁습니다."

이지영이 가까이 다가서며 쫑알거렸다.

"그거야 아저씨하고 내가 같은 미술관에서 일하니까 같은 직원이라고 한 거죠. 오호! 같은 직원이라는 말이 신경 쓰이나 본데…… 정말 다른 일자리를 찾아다니고 있어요?"

"어허! 어디서 그런 유언비어를! 제가 언제 다른 일자리를 찾아다닌다고 했나요?"

"피이! 빌딩의 다른 경비원 아저씨들이 그러는 말을 들었다고요."

"아직 다른 일자리를 찾을 생각은 없습니다. 오히려 요즘은 경비라는 직업이 제 적성에 맞는 것 같다고 생각하고 있는 중입니다."

"정말요? 다른 자리 알아보려고 휴가 받으신 건 아니죠?"

"절대 아닙니다. 그리고 제가 언제 휴가를 받았다고 그러세요? 저 아직 휴가 안 받았습니다."

"아, 그랬구나. 그럼 종무식 뒤에는 어디 가실 거예요?"
"종무식은 아직 멀었는데 왜요?"
"고향에 가는 건지, 서울에 계속 있을 건지 궁금해서요."
"고향 같은 거 없습다."
"그럼 고시원에 계속 있겠네요?"
"고시원이 아니라 원룸텔입다."
"칫, 원룸텔이나 고시원이나."
"엄연히 다릅다."
"그런데 왜 말을 그렇게 딱딱 끊어요? 큐레이터랑 얘기하는 거 싫어하는 경비 아저씨처럼."
"바로 봤습다."
"나는 그냥 인화단결(人和團結) 차원에서…… 그러는 건데……."
"그럼 관장님하고 인화단결하십쇼. 저는 일해보안 쪽 경비들과 인화단결하겠습다."
"그, 그렇게 계층을 나누는 건 좋지 않아요."
"아까 관장님이 저에게 이지영 씨와 장시간 대화하지 말라고 주의를 줬습다. 제가 여기서 잘리면 이지영 씨 때문인 줄이나 아십쇼."
"뭐라고욧!"
이지영이 씩씩거리며 관장실로 걸어갔다.
곧이어 관장실 안에서 부녀지간에 옥신각신하는 소리가 들려왔다.

강유진은 머리가 아파와 인상을 찡그렸다.

"아아, 나도 그 남자처럼 사라지고 싶다……."

회색의 사나이는 분명히 'OMURO MAU' 라고 중얼거렸다.

"오무로 마우……."

하지만 자신은 여전히 같은 자리에 서 있었다. 미술관의 은은한 음악을 배경으로 관장실의 소란이 랩(rap)의 가사처럼 떠돌았다.

"……아빠가 미워. 왜 나를 이상한 사람으로 만들어. 내가 뭘 어쨌다고 그런 말을 했어. 그 사람에게 또 뭐라고 해봐. 다신 아빠 얼굴 안 볼 거야……."

강유진의 입에서 한숨이 흘러나왔다.

"하아! 다 큰 딸 걱정에 주름만 늘어가는 관장님에게 무슨 죄가 있다고…… 자식이 원수지…… 정말 무자식이 상팔자야."

문득 미국에 있는 어린 딸의 얼굴이 떠올랐다.

하연이는 잘 지내고 있을까?

"이제는 '줄리(Jully) 하연 강' 이라고 했던가……."

하연이라고 부를 때는 못 알아듣다가 줄리라고 하니 '응' 이라던 딸이다. 아빠가 지어준 '하연' 이라는 이름보다 어학 선생이 지어준 '줄리' 라는 이름을 더 좋아한 딸은 미국에서 잘 자라고 있을까? 야속하던 딸이지만 지금은 보고 싶었다.

"하연아, 너는 커서 저러지 말아라……."

하지만 부질없는 바람이다. 하연이는 벌써 여덟 살에 아빠를 버렸기 때문이다.

그래도 이렇게 보고 싶은 걸 보면, 확실히 자식이 원수다.

이지영의 테러로 미술관의 분위기는 저기압이었다. 퇴근 시간이 지났어도 관장과 이지영은 사무실 밖으로 나오지 않았다. 눈치를 살피던 강유진은 그냥 퇴근 카드를 찍고 미술관을 나섰다. 부녀지간의 기세싸움에 휘말리고 싶지 않아서다.

물론 이지영에게 관장의 말을 전하지 않았으면 싸움도 없었을 것이다. 하지만 그런 일로 관장의 잔소리를 들어야 한다는 게 싫었다. 딸의 행동이 신경 쓰이면 직접 딸에게 주의를 주었어야 했다. 힘없는 경비원에게 무슨 죄가 있다고?

*　　*　　*

원룸텔로 돌아가는 2호선 지하철은 사람들로 북적거렸다. 저녁 7시, 퇴근하는 사람과 놀러가는 사람들로 뒤엉켜 몸을 가누기도 힘들 지경이다. 사람들에게 이리저리 치이던 강유진은 문득 유리에 비친 자신의 모습을 보았다.

'훗…….'

피로에 지친 후줄근한 모습의 경비원이 하나 서 있었다. 마리나 미술관의 이운학 관장이 딸과 너무 어울리지 말아달라고 부탁할 만도 하다.

덜컹.

달리던 지하철이 흔들리자 사람들도 한 차례 출렁거렸다.

'정말 정어리 통조림 같군…….'

오래된 식인종 시리즈의 농담이 떠올랐다. 지하철을 보고 통조림이라고 했던가?

'응?'

제자리를 찾기 위해 꿈틀거리는 사람들을 보던 강유진의 눈이 찡그려졌다. 한 청년의 손이 앞에 있는 사십 대 여자의 핸드백 속에서 나오는 것을 보았기 때문이다. 1미터 정도 떨어진 곳인지라 청년과 여자의 표정까지도 생생하게 보였다.

'소매치기?'

하지만 사십 대 여자는 아직 자신에게 무슨 일이 일어났는지 모르고 있는 것 같았다.

강유진이 청년에게 조용히 말했다.

"이봐, 지금 핸드백에서 꺼낸 거 돌려줘."

"……."

순간 정적이 감돌았다.

여자가 핸드백을 열어보고 소리를 내질렀다.
"악! 도둑이야! 도둑!"
사람들의 시선이 모아졌다.
강유진은 청년이 놀라서 지갑을 던지고 달아날 줄 알았다.
하지만 현실은 그렇지 않았다.
갑자기 청년이 여자의 머리채를 움켜쥐었다.
"닥쳐, 씨발 년아. 죽고 싶지 않으면 찌그러져 있어."
"……."
낮게 으르렁거리는 목소리는 살기로 가득해서, 여자는 덜덜 떨기만 했다.
참다 못한 강유진이 나섰다.
"야, 인마! 어머니뻘 되는 분에게 욕질이라니, 네놈이 그러고도 사람이냐? 어서 놔드려라."
"미친 새끼. 아가리 닥치고 있었으면 좋았을 텐데. 죽여!"
여자와 강유진 근처에 있던 세 명의 청년이 돌연 품속에서 칼을 뽑아들었다.
"에르 쉬 바쿰!"
순간 강유진의 앞에 세 개의 서클이 솟아났다. 서클은 사람들의 몸을 통과하며 하나로 합쳐졌다. 마치 레이저 쇼를 보고 있는 것 같았다.
세 개의 서클은 하나로 융화되자 고운 빛의 입자가 되어 흩어졌다.

그 기이한 광경에 세 청년의 움직임도 잠시 멈칫거렸다.

하지만 그것도 잠깐이다.

서클이 사라지자 청년들은 무자비한 칼질을 시작했다.

"죽어, 새꺄!"

"흑!"

"……."

거의 동시에 강유진의 입에서도 짧은 마법어가 터져 나왔다.

"클레베스, 칼라가덴!"

콰콱.

단검 두 자루가 강유진의 몸에 박히는 듯했다. 하지만 단검은 피부를 뚫지는 못했다. 대지의 정령 클레베스의 절대방어막이 발동된 것이다.

철벽을 찌른 듯한 충격에 청년들은 단검을 놓치고 말았다.

미끄러진 청년들의 손은 미처 방향을 바꾸지 못하고 단검의 칼날을 훑고 지나갔다.

"으악!"

"악!"

청년들의 입에서 비명이 터져 나왔다.

칼질을 하지 않은 청년 하나만 무사할 수 있었다.

"헉!"

"피, 피다!"
승객들이 뒤로 물러났다.
한순간 강유진과 청년들 주변에 공간이 생겨났다.
강유진이 놀란 눈으로 주변을 둘러보았다. 통조림처럼 빽빽하던 곳에 이런 공간이 숨겨져 있었다니 놀라울 뿐이다.
"씨발 놈! 죽인다!"
여자의 머리채를 잡고 있던 청년이 허공에 단검을 휘둘렀다.
"비켜! 다 죽인다! 죽을래!"
청년의 흉악한 행동에 승객들이 뒷걸음질 쳤다.
강유진의 입에서 다시 마법의 언어가 흘러나왔다.
"카데 바쿰!"
콰지직.
"끄아악!"
팔이 갑자기 꺾이자 청년의 입에서 끔찍한 비명이 터져 나왔다.
청년은 눈을 희번덕거리며 펄떡였다. 멀쩡하던 팔이 부러질 때 오는 통증으로 거의 돌아버릴 지경이었다.
결국 청년은 잡고 있던 여자를 놓고 대신 부러진 팔을 움켜잡았다.
그때다. 속도를 줄이던 지하철이 미끄러지듯 역으로 들어가 멈춰 섰다.
치이익.

지하철의 문이 자동으로 열렸다.

순간 부러진 팔을 움켜쥐고 악을 쓰던 청년이 밖으로 몸을 날려 달아났다. 피를 뚝뚝 흘리며 서 있던 다른 청년들도 재빨리 그 뒤를 따라갔다.

그제야 여자는 다리에 힘이 풀리는지 제자리에 털썩 주저앉았다.

잠시 후 지하철의 문이 닫혔다.

여자가 왈칵 울음을 터뜨렸다.

강유진은 단검에 구멍이 숭숭 뚫린 옷을 보며 한숨을 내쉬었다.

'칼라가덴' 은 '보호하라' 그리고 '우다 칼라가덴' 은 '강하게 보호하라' 는 말이다. 얼마 전 포항에서는 '우다 칼라가덴' 으로 총알도 막았다. 그런데 지금은 옷에 구멍이 숭숭 뚫렸다. 고작 단검 따위에 맞은 것만으로 말이다.

'우다(강하게)라는 단어 하나가 만들어낸 차이일까?'

아니 어쩌면 몸과 옷을 정확하게 지정하지 않아서 이런 일이 생겼는지도 모른다. 칼이 눈에 보이자 움찔 놀라 다른 생각은 할 틈이 없었던 것이다.

'어쨌든 다음에는 우다를 잊지 않고 붙여주마…….'

찢어진 옷값을 생각하면 단어 하나를 더 붙이는 게 속편했다.

*　　*　　*

강유진은 여자와 함께 지하철 경찰대까지 가서 날치기범들에 대한 증언을 했다.

그리고 원룸텔에 돌아와 시계를 보니 어느덧 밤 9시다. 피로가 몰려왔지만 간단하게 샤워를 하고 컴퓨터를 켰다. 아케론닷컴에 새로운 소식이 있는지 확인하고 싶어서다.

로그인을 하니 오늘의 방문자는 6명이나 된다. 요즘 들어 방문자의 숫자가 조금씩 늘어나는 것 같아서 보고만 있어도 흐뭇했다.

"응?"

미션 임파서블 게시판에 새 글이 떴다는 표시가 보였다.

혹시나 하는 마음에 클릭을 해보니 역시나 가출한 아들을 찾아달라던 어머니가 전화번호를 남겨놓았다.

강유진은 휴대전화를 꺼내 김정숙이라는 이름을 등록했다. 지금은 만사가 귀찮고, 내일 점심 무렵에 통화를 해볼 생각이었다.

문득 '휴대전화에 몇 명이나 저장이 되어 있을까?' 하는 생각이 스치고 지나갔다. 흔히들 말하는 인맥이다.

생각난 김에 휴대전화의 주소록을 열었다.

김정숙, 이운학, 임지연, 이극렬, 임경수. 모두 다섯 명의 이름이 저장되어 있다.

이름을 살피던 강유진은 피식 웃었다.

그들의 이름을 보고 있자니 바쁘게 지내온 날들이 떠올랐던 것이다.

'임지연 씨는 잘 있겠지?'

병원에 데려다준 뒤로 연락을 하지 않았다.

그날, 비서실의 임경수라는 사람에게 법인카드와 서류 일체를 돌려줄 때 더 이상 연락할 이유가 없다고 생각했다.

'전기 고문의 후유증이 만만치 않다고 하던데…….'

임지연이 그것을 극복할 수 있을지 조금 걱정되기는 하지만, 그건 임지연 자신이 극복해야 할 문제였다. 이운학 관장과 이지영의 경우를 봐도 과잉 친절은 오해만 부를 뿐이다. 사람들은 신분에 맞게 어울리려고 하는 습성이 있다. 그런 면에서 보면 임지연은 가까이 해서는 안 될 사람 가운데 하나였다. 강남의 부자도 딸 단속을 하는데, 임지연은 대한민국 경제를 좌우하는 대성그룹의 사람인 까닭이다.

"좋은 일 해주고 서로 얼굴 붉힐 필요는 없지……."

강유진은 휴대폰을 책상 위 한쪽 구석으로 밀었다.

그리고 침대에 누워 가만히 눈을 감았다. 하지만 잠은 쉽게 오지 않았다. 회색의 사나이가 했던 말이 자꾸만 떠올랐다.

"너…… 크라노시안(Kranosian)이었나?"

"미안하다. 코리안이다."

"무슨 수법을 썼는지 모르겠지만 크라노시안이 아니라면 됐다. 여자를 살리고 싶으면 물러서라."

분명히 그는 '크라노시안이었나?'라고 물었다. 그건 대체 무슨 뜻일까? 게다가 사내가 보여준 그 마법 같은 기술은 또 뭘까?

이런저런 생각으로 몸을 뒤척거리고 있을 때다.

드드드득.

책상 위에 놓았던 휴대전화가 진동했다. 진동은 짧게 끝이 났다. 누군가 문자를 보낸 모양이다.

강유진은 머리맡에 있던 스탠드를 켰다.

[운동 안 해요? 성인반에 신입으로 아가씨가 왔는데 어른이 없어서 고민이네요. 이쁘던데. 내일은 꼭 와요.]

무극관의 박필용 관장이 보낸 문자였다.

시계를 보니 벌써 10시 15분이다. 성인반의 운동을 끝내고 문자를 보낸 것 같았다.

잠시 생각하던 강유진은 답문자를 보냈다.

[내일은 죽어도 갑니다.]

* * *

식당에서 아침을 간단히 먹고 있는데 전화벨이 울렸다.

강유진이 고개를 갸웃거렸다. 이 시간에 전화를 할 사람이 없었기 때문이다.

주머니에서 휴대전화를 꺼내 보니 임경수라는 이름이 떠 있다. 대성그룹 비서실 사람이라고 했던가?

강유진은 입안의 음식물을 대충 씹어 삼킨 뒤 전화를 받았다.

"강유진입니다."

"아, 강유진 씨, 임경수입니다."

"네."

발신자 표시가 뜨니까 그런 건 말하지 않아도 알 수 있다. 강유진은 임경수가 본론을 말할 때까지 기다렸다.

"회장님께서 만나고 싶다고 하십니다."

"……."

"오늘 시간이 되겠습니까?"

"시간은 있습니다만 무슨 일로 그러는지 알 수 있을까요?"

만약 의뢰와 연관된 문제라면 만나줄 의향이 있다. 하지만 그런 게 아니라면 딱히 만날 이유가 없다는 게 강유진의 생각이었다.

"허허, 특별한 용무가 아니면 안 된다는 말로 들립니다그려."

"비슷합니다."

"……회장님께서 임 박사의 일로 만나고 싶어 하십니다."

강유진이 인상을 찡그렸다. 임지연의 일로 만나자는 말은 상당히 포괄적인 표현이었다. 지금의 말로는 진짜 문제가 있어서인지,

얼굴이나 보자는 것인지 알 수가 없다. 그렇다고 거절하기에는 과거의 인연이 발목을 잡는다.

"알겠습니다. 오늘 퇴근 이후부터 9시까지 시간이 있습니다."

"9시에 중요한 약속이 있나 보군요?"

"네."

강유진이 단호한 음성으로 대답했다. 합기도장의 신입 관원을 구경하러 가기로 한 것도 약속이라면 약속이었다.

"하아, 그럼, 회장님의 일정을 그것에 맞게 조정하지요. 오후 7시까지 강남 엔터프라이즈 호텔 특별실로 와줄 수 있겠습니까?"

"7시 강남 엔터프라이즈 호텔요?"

"그렇습니다."

"알겠습니다. 7시까지 가도록 하겠습니다."

"그럼, 그때 봅시다."

뒤늦게 주방에 나온 김민정이 호기심 가득한 얼굴로 물었다.

"오빠, 강남 엔터프라이즈 호텔에 가요?"

"응. 누가 좀 보자네."

"와아! 거기 진짜 재벌들만 간다고 하던데……."

"아냐, 나 같은 경비원도 가끔 가."

"진짜요?"

"당연하지. 거기도 우리 같은 경비가 지켜주고 있잖냐."

"에이, 난 또 무슨 소리라고. 이제 보니 호텔 경비로 지원 나가게 됐나 보구나?"

"그래, 지원 나가게 됐다. 왜 떫으냐?"

"오빠, 거기 일하다가요, 기념품 같은 거 있음 하나 얻어다 줘요."

"기념품? 같은 한국에서 뭔 기념품?"

"아이, 내 친구 중에 호텔 물건 수집하는 애가 있단 말예요. 엔터프라이즈 호텔 물건이라면 아마 눈이 뒤집어질 거예요."

"그래? 괜찮은 거 보이면 주워다가 줄게."

"약속?"

"그래. 약속했다."

이상하게 김민정과는 약속을 자주 하게 되는 것 같다는 생각이 든다. 그래도 상대가 원하는 게 시시한 거라서 다행이다.

"응? 왠지 약속한 걸 후회하는 얼굴?"

"아, 아니, 그럴 리가."

여자의 직감은 나이와 무관하게 예리한 것 같다.

강유진은 황급히 자리를 떴다. 다음부터는 가급적 김민정이 활동하지 않는 시간대에 식사를 해야겠다는 다짐을 하면서 말이다.

* * *

한편 그 시간에 임경수 부회장은 혼자서 씩씩거리고 있었다.

대통령도 만나기 어려운 대성그룹의 회장이 보자는데 용무가 없으면 안 만나겠다는 식으로 나와서 울컥했던 것이다.

대성그룹의 사원으로 있었으니 대성그룹의 회장이 어떤 존재인지 알고 있을 것이다. 그런 사람이 그랬다고 생각하니 더 화가 났다. 조카를 구해줘서 감사한 건 감사한 거고, 경제 대통령이라고 불리는 회장님에 대한 실례는 실례인 거다.

"아무래도 회장님의 위엄이 뭔지 모르는 친구 같은데……."

그럴 수도 있다. 고작해야 총무부의 차장으로 있던 친구니 그 위의 세계에 대해서는 실감이 나지 않으리라.

"오늘 하루 호텔을 다 빌려버릴까?"

그렇게 한다면 세상의 벽이란 것을 좀 실감할까?

임경수가 고개를 설레설레 저었다.

조카를 구해준 고마운 사람의 기를 죽이기 위해 그런 짓을 했다는 걸 회장님이 알게 되면 불벼락이 떨어질지도 몰랐다.

"쯧! 요즘 젊은이들은 몰라도 너무 몰라."

중얼거리던 임경수가 어디론가 전화를 걸었다.

"날세. 오늘 저녁 6시 이후부터 회장님 스케줄 다 비워놓게. 9시까지 비워두면 되네. 그리고 엔터프라이즈 호텔 특별실 하루 예약해 두고, 아니 별관 전체를 다 예약하게. 오늘 하루 특별실 있는 별관에 아무도 발 들이지 못하게 해달라고 하고."

전화를 끊은 임경수가 만족스러운 미소를 지어 보였다. 호텔 전체를 빌리면 뭐라고 할지 모르지만 별관 정도는 괜찮을 것이다. 올 여름에 제2차 아시아 11개국 경제 단체 회의를 열었을 때도 별관 정도는 빌렸었으니까 말이다.

"그룹의 사장단 회의 장소를 이쪽으로 변경하면 일거양득(一擧兩得)이지."

마침 오후 4시에 강남의 프라임 호텔에서 그룹 사장단 회의가 열릴 예정이었다. 프라임의 예약을 취소하면 약간의 출혈이 있겠지만, 엔터프라이즈 호텔로 모임 장소가 변경되었다고 하면 사장단에서도 좋아할 것이다. 엔터프라이즈 호텔은 지사장의 월급으로도 출입하기 어려운 곳이니까 말이다.

제10화

카론 2세입니다

강유진이 막 방에서 나가려는 순간이다. 또 전화벨이 울렸다. 평소에는 거의 시계로 쓰던 휴대전화였는데, 오늘따라 불이 났다.

"오늘 무슨 날인가……."

중얼거리며 휴대전화를 꺼내보니 마리나 미술관의 이운학 관장이다. 어제의 일을 생각하면 조금 꺼림칙했지만 모르는 척 전화를 받았다.

"네, 강유진입니다."

"나 이 관장일세."

"아, 네, 관장님, 지금 막 출근하려던 참인데 무슨 일이신가요?"

"어제는 고마웠네. 자네 덕분에 몹쓸 사람 됐지만……."

"……."

"그 일 때문에 전화한 것은 아닐세. 입이 가벼운 누구와 달리 나는 공과 사를 구별할 줄 아는 사람이니까."

부녀간에 싸움이 벌어지게 된 원인 제공자가 너라는 말보다 더한 소리다.

"그게……."

"됐고, 오늘 자네 차로 짐을 좀 날라야겠네."

"짐요?"

"미술관 창고에 굴러다니는 기자재들이 있지 않은가. 그걸 달라는 곳이 있네. 그런데 화물차를 부르기에는 양이 적어서…… 오늘 하루 자네가 수고를 해줬으면 하는데. 괜찮겠는가?"

"저는 괜찮은데 미술관 경비는 어떻게 하고요?"

"일해보안에 말을 해뒀네."

"아! 일해요…… 그런데 달라는 곳이 어딘가요?"

"광주에 있는 작은 체험학습장이네."

"아, 네, 알겠습니다. 경기도 광주죠?"

"광주광역시네."

"……."

전화를 끊고 생각해 보니 미술관에서 나가달라는 말보다 더한 것 같다.

다시 자리에 앉아 컴퓨터를 켰다. 검색포탈 '네이웃'에 지도 검색을 해보니 목적지까지는 291.24킬로미터, 예상 소요시간은 무려 세 시간 오십 분이다.

강유진이 멍한 눈으로 지도를 바라보았다.

끝에서 끝이다. 왕복 운행시간을 계산해 보니 차에서 내리지 않아도 여덟 시간이다.

"사표를 쓰라는 거야? 진짜 순수한 업무협조야?"

어느 쪽인지는 모르겠지만 '이운학 관장이 자꾸 이런 식으로 나오면 사표를 써야겠다' 는 생각이 든다.

생각난 김에 강유진은 굴러다니던 A4지를 꺼내 사표라는 걸 썼다.

무려 이 년 만에 다시 써보는 사표다. 하지만 마음은 그때처럼 절망적이지 않았다. 어떤 일이라도 해낼 자신이 있었다. 지금의 사표는 그때처럼 은둔하기 위해서가 아니라, 더 좋은 직장을 구하기 위해서 만드는 사표였다.

박수 칠 때 떠나라고 하던가?

어차피 떠날 거면 이운학 관장의 호감이 식지 않았을 때 떠나야 한다. 괜히 여기서 더 틀어지면 피차 악감정만 잔뜩 안고 헤어지게 될 것이었다.

"이번 일까지는 군말 없이 해주자."

한 번은 우연이라고 생각할 수 있다. 우연이 겹치면 의도된 연출이다.

강유진은 대충 써본 사표를 접어서 품에 넣었다. 사표는 이운학 관장의 의도가 분명하게 보일 때 제출할 생각이었다.

"그나저나…… 오늘 약속 시간에 맞출 수 있을지 모르겠네."

낡은 사륜구동으로 장거리 뛸 생각을 하니 벌써부터 고장과 교통 체증이 신경 쓰인다.

"뭐, 할 수 있는 데까지는 해봐야겠지."

나머지는 하늘의 뜻에 달려 있다.

강유진은 주차장 한구석에 서 있는 사륜구동에 시동을 걸었다.

끼리리리…… 부르르릉.

오오! 나름 일발시동! 느낌이 좋았다. 이대로라면 오늘 하루의 빡센 일정도 무사히 소화해 낼 수 있을 것 같았다.

오랜만의 드라이브라 기분은 나쁘지 않았다.

차를 산 뒤로 세차를 해본 적이 없는, 눈에 띄게 낡은 사륜구동인지라 사람들의 시선이 좀 거북했지만 말이다.

탑골에서 끌고 다닐 때는 전혀 아무렇지도 않았는데, 강남을 다니려니 모든 사람들이 한 번씩 쳐다보는 것 같았다.

심지어 어떤 학생들은 휴대전화로 사진까지 찍어댔다.

그러거나 말거나 차는 정말 잘 나갔다.

자동차 소음기 쪽에 문제가 있는지 통통배의 엔진 소리가 자꾸 들렸지만 신경 쓰지 않았다. 일부러 소음기를 떼고 다니는 사람도 있는데 뭐.

*　　*　　*

강유진이 창고에서 물건을 실어내자 미술관에서는 또 한바탕 난리가 났다. 큐레이터 이지영은 경비가 왜 그런 일까지 하냐고 막았다. 이운학 관장은 경비든 누구든 여건이 되는 사람이 할 수도 있는 일이라며 이지영을 야단쳤다.

부녀지간에 언성이 높아지자 강유진은 슬그머니 미술관을 빠져나갔다.

낡은 사륜구동으로 광주광역시까지 가는 길은 멀고도 험했다.

멀고 험한 것은 그런대로 참아줄 만하다.

정작 강유진의 마음을 떨리게 한 것은 따로 있었다.

오후 2시쯤 겨우 체험학습관에 도착해 짐을 내리고, 다시 시동을 걸었을 때다. 사륜구동에서 갑자기 탱크 소리가 나기 시작했다.

체험학습관의 사람들이 '차를 폐차하고 가라' 고 했지만, 강유진은 그럴 수 없었다. 폐차는 해본 적도 없고, 당장 차가 필요했기 때문이다. 대신에 강유진은 보이는 휴게소마다 쉬었다가 가기로 했다.

휴게소마다 들러 못 한 식사도 하고, 느긋하게 경치도 구경했다.

하지만 시동을 걸 때마다 마음은 천국과 지옥을 오르락내리락할 수밖에 없었다.

일발시동은 아침에 한때뿐이었다. 귀에 거슬리는 '끼리리릭' 소리가 이삼 분 정도 난 이후에야 시동이 걸렸다. 그리고 이어지는 통통배 소리까지 지옥이 따로 없었다.

땀으로 목욕을 한 강유진이 강남에 도착한 시간은 저녁 6시 45분이다.

강유진은 강남대로를 달리는 도중에 사람들에게 물어물어 엔터프라이즈 호텔을 찾았다.

쉬지 않고 달려왔지만 엔터프라이즈 호텔의 본관 앞에 차를 세운 것은 7시 10분이었다. 십 분이나 늦었다고 생각하니 마음이 급해졌다.

텅텅텅텅.

본관 앞에 차를 세우자 주차도우미들이 우르르 달려왔다. 험악한 표정을 보니 주차에 도움을 주기 위한 것 같지가 않다.

이십 대 초반으로 보이는 젊은 사람이 다짜고짜 소리를 질렀다.

"아저씨! 빨리 차 빼요!"

"여기 약속이 있어서 왔는데요?"

"아니! 약속 장소가 아무리 호텔 근처라도 그렇지! 이 아저씨가 어디다가 차를 마음대로 대고 그래! 일단 차부터 빼라고! 귀 먹었어? 차 빼라고!"

울컥 화가 치밀어 오른 강유진은 그냥 차에서 내렸다.

"이봐! 내가 여기 손님이라는데 뭘 차를 빼라 마라 큰소리야!"

언성이 높아지자 드나들던 사람들이 힐끔거린다.

곧이어 호텔 제복(制服)을 입은 중년인이 부리나케 달려왔다.

"이봐요, 오늘은 호텔에 회의하러 오신 재계의 어른들이 많습니다. 보기 흉하니까 일단 차부터 빼고, 대화합시다."

"그러니까 나도 손님이라고 하지 않습니까! 차를 빼고 싶으면 당신들이 알아서 빼십쇼! 호텔 주차도우미들 하는 일이 그런 거 아닙니까?"

곁에 서 있던 주차도우미 중 하나가 냉소를 치며 말했다.

"쳇! 요즘은 개나 소나 다 운전한다고 난리라니까! 야! 누가 저거 좀 치워! 저게 자동차야? 아니면 전동 리어카야?"

또 다른 주차도우미가 키득거리며 말을 받았다.

"크큭! 차는 무슨 차? 통통배 소리가 나는데. 배 아냐?"

"배가 왜 뭍으로 다녀?"

말만 하지 아무도 움직이려 하지 않자 제복의 중년인이 한 사람을 지적했다.

"홍국아, 네가 좀 빼줘야겠다. 지배인님 나오기 전에 얼른 치워라."

홍국이라 불린 청년이 인상을 잔뜩 찡그리며 물었다.

"저걸 어디로 빼요? 주차장에 끌고 가면 괜히 격 떨어질 텐데."

"일단 근처 식당 주차장에라도 가져다 놔. 금방 다시 찾아간다고 해."

"알았어요."

툴툴거리던 청년이 사륜구동의 운전석에 올라탔다.

"와! 진짜 골동품이다. 이런 게 굴러가나?"

텅텅텅텅.

이리저리 매만지던 청년이 사륜구동을 끌고 호텔 밖으로 나갔다.

주차도우미들이 하는 짓을 가만히 지켜보던 강유진이 제복의 중년인에게 다가갔다.

"이봐요, 당신들 이름이나 좀 압시다."

"뭐요? 이름은 왜? 청와대에 신고라도 하려고? 여기 명찰에 이름 있으니까 신고하려면 맘대로 하쇼."

"이런 일에 청와대가 왜 나옵니까?"

강유진의 말에 제복의 중년인이 같잖다는 듯 웃으며 대꾸했다.

"요즘 젊은 것들 빽하면 청와대에 신고하는 것 같아서 그랬수. 주제를 모르고 청와대니 인권위니 찌르고 다니던데, 당신도 하고 싶으면 해보슈. 폐차 직전의 차를 엔터프라이즈 호텔 현관에 대니까 관리인들이 나와서 막더라고."

제복의 중년인이 대뜸 청년 하나를 가리키며 말했다.

"승식아, 너 아까 그 차 휴대폰으로 찍어뒀지?"

"실장님, 당연하지요. 요즘 똥차 끌고 와서 행패 부리고 합의 보자는 사람이 어디 한둘입니까! 그냥 경찰에 신고하라고 하세요."

강유진이 실장이라는 사람의 이름과 주변에 서 있는 청년들의 이름을 일일이 확인했다.

"박종혁 실장, 이승식, 최현웅, 그리고 아까 운전해 간 사람은 흥국이라고 했죠? 어디 두고 봅시다."

순간 중년의 박종혁 실장이 화를 버럭 냈다.

"젊은 놈이 누구 이름을 함부로 부르고 그래! 내가 네 친구야? 두고 보자고? 어디서 협박이야!"

"어? 지금 항의하는 손님에게 놈이라고 했습니까?"

"뭐? 손님? 말 똑바로 해! 당신 같은 사람이 손님이면 나는 대통령이야!"

그러면서도 내심 찔렸는지 제복의 중년인은 금방 당신이라고 고쳐 불렀다.

강유진이 어이없다는 표정으로 말했다.

“이봐요, 박 실장님, 보아하니 그쪽도 주차장의 관리실장 같은데, 같은 서민끼리 없어 보인다고 사람 너무 무시하지 맙시다. 없는 사람의 서러움을 알 만한 사람이 그러면 됩니까?”

서민이니, 없는 사람의 서러움이니 하는 말에 박종혁은 상대가 별 볼일 없는 사람이라는 확신을 가질 수 있었다.

순간 박종혁 실장이 버럭 소리를 질렀다.

“뭐가 같은 서민이야! 야, 인마! 돈이 벌고 싶으면 나가서 노가다라도 뛰어! 대한민국 최고급 호텔에 와서 시비 걸지 말고! 알았어? 그리고 없기는 누가 없다고 그래? 나 강남에 40평짜리 아파트 가진 사람이야! 내 연봉이 얼마인 줄이나 알고 서민이라고 그래? 보자보자 했더니 사람이 보자기로 보이나? 어디서 주제넘게 같이 놀려고 그래? 주차장 관리실장이라고 하니까 빽도 없고 가난해 보여?”

“그렇게 연봉 많고 부자인 실장님이라서 호텔에 오는 손님이 자기보다 가난해 보이면 문전박대하는 겁니까?”

“진짜 말이 안 통하는 인간이구먼! 뭣들 해! 이 인간 끌어내!”

“예!”

“씨발, 똥차 하나 주차하고 말 존니 많네.”

“아저씨, 경찰 부르기 전에 제 발로 걸어 나갑시다. 예?”

"……."

강유진이 부글부글 끓는 눈으로 주차도우미들을 쏘아보았다. 하지만 무례와 무식이 뼈가 부러질 정도의 죄는 아니다. 게다가 여기서 사람들을 다치게 했다가는 바로 경찰서 신세다. 이래저래 분을 삭이는 수밖에 없는 상황이었다.

한숨을 푹푹 내쉬던 강유진은 그냥 지배인에게 항의하기로 마음먹었다.

하지만 청년들은 비켜줄 생각을 하지 않았다. 오히려 강유진을 잡아서 밖으로 끌고 나가려고 했다.

한편 별관에서 기다리던 임경수는 약속 시간에 강유진이 오지 않자 본관으로 이동했다. 강유진이 본관과 별관을 모를 수도 있다는 생각에서다.

때마침 본관 현관에서 강유진과 주차요원들의 실랑이를 목격한 임경수는 뒤따르고 있던 총지배인에게 황급히 손짓했다.

"예, 부르셨습니까?"

"저기 젊은 남자 보이죠?"

"아, 네, 죄송합니다. 금방 정리해 드리겠습니다. 가끔씩 저런 사람들이 와서 난동을 부리곤 합니다."

"허! 이봐요, 지배인. 우리 회장님의 손님이 바로 저 사람입니다."

"네, 네?"

"우리 회장님 손님이라지 않소!"

마침내 몸싸움까지 벌어지려고 하자 임경수가 빠른 걸음으로 다가갔다.

뒤늦게 정신을 차린 총지배인이 부리나케 시비 현장으로 내달렸다.

"이봐요! 당신들 지금 뭐하는 거야!"

박종혁 실장이 송구하다는 표정으로 머리를 숙였다. 지배인도 무서운데 총지배인까지 떴으니 한소리를 단단히 듣게 될지도 몰랐다.

"죄송합니다. 웬 부랑자 하나가 소란을 피워서요. 곧 정리를……."

"이봐! 박실장! 지금 무슨 헛소리요! 그분은 대성그룹 회장님의 손님이란 말이요!"

"네?"

박종혁 실장이 황당한 눈으로 총지배인을 바라보았다.

하지만 농담이 아닌 듯 총지배인의 얼굴은 붉게 달아올라 있었다.

"잔소리 말고 모두 가서 일들 해요! 뭐해요! 가라니까!"

"아, 네……."

곧이어 총지배인이 강유진에게 허리를 숙였다.

"죄송합니다. 직원들 교육을 잘 시키지 못해서 심려를 끼쳐드렸습니다."

"……."

하지만 강유진은 총지배인의 사과를 받아들이지 않았다. 정말 잘못된 일이라고 생각했다면 주차도우미들에게 사과부터 시켰을 것이다. 하지만 총지배인은 그러지 않았다. 단지 자신의 사과로 사태를 수습하려고만 했던 것이다.

강유진이 싸늘한 표정으로 임경수에게 말했다.

"임 실장님, 나에게 이 호텔로 오라고 한 것은…… 이런 모욕을 주기 위해서였습니까? 나는 돌아가겠습니다. 오늘의 약속은 없었던 것으로 하지요."

강유진은 미련 없이 돌아섰다.

그런 강유진의 말에 놀란 사람은 총지배인이다.

임경수는 회장의 비서실장으로 있다가 재작년에 부회장이 된 사람이었다. 그런 사람에게 실장이라고 하는 것으로도 모자라, 화를 내기까지 한다. 재계 인사들의 권위주의를 누구보다 잘 알고 있는 자신에게는 믿어지지 않는 광경이었다.

그런데 그보다 더 충격적인 일이 벌어졌다.

"강 선생, 미안합니다. 강 선생에게 모욕을 주기 위해 이 호텔로 오라고 한 것은 아니오. 실은 별관에서 총지배인과 함께 강 선생을 기다리고 있었소. 시간이 지나도 오지 않아서 혹시나 하고 이쪽으로 와봤더니 이런 일이…… 쯧! 아무튼 오해가 있으면 푸시오. 저 사람들의 잘못은…… 내가 대신 사과하겠소."

임경수 부회장이 정중히 사과를 하고 있었다.

총지배인은 물론 관리실장과 도우미들까지 공황상태에 빠지고 말았다.

"알겠습니다. 하지만 타고 온 자동차를 기준으로 손님을 차별하고 욕까지 하는 이런 곳에서는 누구와도 만나고 싶지 않습니다. 다른 장소를 물색해 연락주십시오. 나가서 십 분 정도 기다려보고, 아무 연락이 없으면 그냥 돌아가겠습니다."

말을 마친 강유진은 뒤도 돌아보지 않고 떠나가버렸다.

"저, 강 선생님! 선생님! 손님! 손님!"

총지배인이 뒤따라가며 애타게 불렀지만 소용없었다.

잠시 후 총지배인은 다시 돌아와 임경수 부회장의 눈치를 살폈다.

임경수가 노한 눈으로 총지배인과 주차도우미들을 쏘아보았다. 한편으로 그들의 실수를 이해 못 하는 바는 아니다. 그러나 서비스업에 종사하는 자로서 해서는 안 될 짓을 한 것도 사실이다. 그것도 하필이면 대성그룹 회장의 손님에게 말이다. 이래서야 자신이 별관을 통째로 빌린 게 의미가 없지 않은가!

"호텔의 직원들이 회장님의 손님에게 모욕을 주고 쫓아냈으니, 오늘 예약된 행사는 모두 취소하겠소."

"죄, 죄송합니다."

총지배인은 입이 열 개라도 할 말이 없는지라 연신 죄송하다고만 했다.

임경수는 그러고도 분이 풀리지 않는지 휴대전화를 꺼냈다.

"박 실장? 날세. 오늘 엔터프라이즈 호텔 모임 다 취소하고 장소는 다시 프라임 호텔로 돌리게. 그리고 엔터프라이즈 호텔에서 열릴 예정이던 연말 그룹행사를 전부 취소하게. 앞으로 대성그룹이 엔터프라이즈에 오는 일은 없을 걸세. 전경련에도 회의 장소 선정할 때 우리 그룹의 입장을 참고해 달라고 전하고. 그래, 앞으로 대성그룹의 사람이 엔터프라이즈 호텔 땅을 밟을 일은 없어야 하네. 회장님께는 내가 따로 말씀을 드릴 테니 그렇게 알고 있게."

전화를 끊자 총지배인이 애원을 했다.

"헉! 부회장님, 고정하시고…… 제발 선처를……."

"보시오. 당신들이 오늘 우리 대성그룹에 얼마나 손해를 입혔는지 아시오? 당신은 죽었다가 깨어나도 저 강 선생이 어떤 사람인지 모를 거요. 당신들 직원의 잘못이니 계약해지에 대해서는 왈가왈부(曰可曰否)하지 마시오. 잡소리가 나오면 그룹 법무팀에 말해서 당장 손해배상을 청구하라고 할 테니까."

"제, 제발…… 선처해 주십시오."

총지배인이 죽는 소리를 했다. 당장 오늘의 해약만 해도 벌써

억 단위가 넘는 손해다. 거기다가 앞으로의 줄줄이 해약에, 다른 그룹에까지 이 소식이 들어가면…… 엔터프라이즈 호텔의 전성기도 끝난 것이나 마찬가지다.

"선처를 운운하기 전에 당신들의 사고방식부터 바꾸시오! 강 선생이 어떤 차를 끌고 왔든, 손님을 문전박대하는 호텔이 세상에 어디 있다는 말이오!"

"용서해 주십시오……. 이 사람들아! 뭐하고 있는 거야! 어서 용서를 빌지 않고! 신 회장님이 알게 되면 당신들을 가만히 둘 것 같아? 당신들이나 나나 모두가 알거지가 된다고! 호텔에 손해배상을 하다 노숙자가 되고 싶지 않으면 당장 빌어!"

그제야 사태의 심각성을 알게 된 박 실장과 도우미들이 머리를 조아렸다.

하지만 임경수는 요지부동(搖之不動)이었다.

이미 피해 당사자인 강유진이 떠나간 마당에 누가 누굴 용서한다는 말인가?

게다가 당장 자신만 해도 회장님에게 상황을 보고하고 처분을 기다려야 하는 신세였다.

*　*　*

우여곡절 끝에 강유진과 대성그룹 회장이 대면한 시간은 저녁

8시 정각이다.

강유진은 엔터프라이즈 호텔이 바라다보이는 프라임 호텔 특별실에서 대성그룹 회장을 만날 수 있었다.

대성그룹의 임천수 회장은 만나자마자 임경수 부회장에게 자리를 피해달라고 했다. 그리고 임경수 부회장이 툴툴거리며 나가자 먼저 입을 열었다.

"허허, 조카의 일로 인사를 드린다는 게 많이 늦었습니다."

"별말씀을요."

"엔터프라이즈 호텔의 이야기는 들었습니다. 나도 유감스럽게 생각합니다. 거기가 처음부터 그런 곳은 아니었습니다. 잘나갈 때 자신을 돌아보았어야 하는데…… 아마도 그러지 못한 것 같습니다. 엔터프라이즈의 신 회장을 대신해서 다시 한 번 사과를 드리겠습니다."

사실 엔터프라이즈 호텔의 신영희 회장은 임천수 회장과 오랜 지기이기도 했다. 그래서 임천수 회장은 대신해서 사과를 한다고 한 것이었다.

"벌써 잊었습니다. 사람들 인심이 다 그런 거지요. 강자에게 약하고 약자에게 강한……. 그런 것에 일일이 신경 쓰다가는 스트레스 받아서 오래 살지도 못할 겁니다."

"오는 길에 신 회장과 통화를 했었습니다. 잘못했다면서 직원들 소양 교육을 다시 시키겠다고 하더군요. 신 회장이 사과의 뜻으로 강 선생을 초대하고 싶다고 하기에…… 미친 척하고 강 선생 허락도 없이 연락처를 가르쳐줬습니다. 조만간 연락이 갈지도 모르겠습니다."

"하하, 소양 교육이 제대로 되어 있는지 확인해 보기 위해서라도 한번 방문해야겠군요."

"과연 대인배시구려. 신 회장이 들으면 좋아할 겁니다. 허허!"

분위기가 조금 화기애애해지자 강유진이 물었다.

"그런데 무슨 일로 저를 보자고 하셨는지요?"

"아, 그전에 우리 대성그룹에서 정리해고를 당했다고 들었습니다. 그룹의 수장으로…… 직원들의 생활을 살피지 못한 점 미안하게 생각하고 있습니다."

"아닙니다. 제가 상사라고 해도 잘랐을 겁니다."

"강 선생의 집안에 그런 일이 있었다는 걸 알았다면…… 그렇게 내치지는 않았을 겁니다."

"……."

강유진은 웃기만 했다. 알았다고 해도 잘리기는 마찬가지였을 것이다. 게다가 그즈음에는 이미 총무과에서 자신의 가정사를 모르는 사람이 없었다. 그러니 지금 임천수 회장은 그저 심심한 위로의 말을 하고 있는 것에 불과하다.

"허허, 인정하지요. 솔직히 알았어도 정리해고 했을 겁니다. 그런 게 사회가 아닙니까? 때론 그런 비정함이 사회를 지탱하는 힘이 되기도 하지요."

"괜찮습니다. 저에게도 약이 되는 경험이었으니까요. 그런데 저를 보자고 하신 이유는 뭔가요?"

"식사라도 하면서 천천히 이야기를 하면 안 되겠습니까?"

"죄송한데 제가 약속이 있어서요. 9시까지 강남역으로 가야 합니다."

임천수 회장이 시계를 힐끔 바라보았다. 벌써 8시 20분이다. 식사를 하며 대화를 나누기에는 빠듯한 시간이다.

"음, 약속이 있다니…… 아쉽지만 어쩔 수 없구려."

대통령보다 만나기 어렵다는 자신과의 만남을 앞두고 다른 약속까지 잡았다니? 임천수 회장은 강유진의 대담함에 혀를 내둘렀다.

"그러시다면 단도직입적으로 말하겠습니다. 강 선생께서도 우리 그룹에서 대규모 연구단지를 조성한 것은 알고 계실 겁니다."

"네, 알고 있습니다."

그것은 임지연 박사를 구하기 위해 대전에 갔을 때 알게 된 사실이었다.

"그런데 그 연구단지에 꼭 필요한 사람이 하나 있었습니다. 재미교포인 문지용 박사라고 들어본 적이 있겠지요?"

"MIT의 공학 박사라는 분 말씀이십니까?"

한국인치고 MIT공과대학의 교수로 있는 문지용 박사를 모르는 사람은 없을 것이다. TIME지가 선정한 '세계를 움직일 100인' 가운데 한 사람이었으니까 말이다.

"그렇습니다. 바로 그 사람입니다. 문지용 박사가 한 달 전 우리 연구소의 스카우터에게 합류하겠다는 의사를 표시했습니다. 나의 제시 내용도 좋았지만, 무엇보다 임지연 박사와 같이 연구를 하고 싶다는 게 이유였습니다. 그런데 스카우터와 만나기로 한 날에 사라지고 말았습니다. 말 그대로 갑자기 실종이 되고 만 것이지요."

"……."

"그의 가족과 스카우터가 경찰에 신고를 하고 백방으로 알아봤지만…… 흔적도 발견하지 못했습니다."

"무슨 말씀인지는 알겠습니다만, 현지의 경찰에서 조사를 하고 있다면 굳이……."

"바로 그것 때문에 강 선생의 도움이 필요하게 된 것입니다."

"예? 경찰이 조사하고 있는 일을 왜…… 게다가 저는 영어를 잘하지 못해서…… 그다지 도움이 될 것 같지 않은데요."

갑자기 미국이라니?

미국의 처와 딸에게 버림 받은 이후로 태평양 쪽으로는 오줌도 누지 않겠다고 맹세했었다. 생각하는 것만으로도 벌써 머리가 욱신거릴 지경이다.

"현지 경찰이 조사하는 시늉만 하고 있다는 게 문제입니다. 우리 쪽 스카우터는 아무래도…… 기관에서 문 박사를 빼돌린 것 같다고 하더군요."

"허……."

강유진이 망연자실한 표정으로 임천수 회장을 바라보았다. 어째 일이 수습할 수 없을 정도로 점점 커지는 느낌이다.

"문제는 이대로 문 박사의 실종이 길어지면…… 생사를 장담하지 못할 수도 있게 된다는 겁니다. 문 박사가 수일 내에 가족들 앞에 나타난다면 모를까…… 그게 아니라면…… 시체도 찾지 못할 거라는 게 스카우터의 보고였습니다."

"사정은 알겠지만…… 그런 일은 사람 찾는 전문가들에게 맡기는 편이……."

누가 뭐래도 미국은 가고 싶지 않은 나라의 순위 No.1이었다. 전생에 무슨 죄를 지었다고 잊을 만하면 되새김질을 시켜준단 말인가?

임천수 회장이 의미심장한 눈으로 강유진을 바라보았다.

"우리 임 박사를 구하는 데 동원된 경찰력이…… 전의경까지 합쳐서 이틀간 무려 천오백 명이었습니다. 그런데 결국 임 박사를 구한 사람은 강 선생이었지요. 알고 보니 임 박사를 찾은 것도 강 선생의 제보 덕분이었다고 하더군요. 물론 포항의 끔찍한 총격전 속에서 임 박사를 구해낸 것도 강 선생이고…… 그런 강 선생이 아니면 누가 적임자라는 말입니까?"

"말씀은 잘 들었습니다. 하지만 현지의 경찰이 찾고 있다고 하니 조금 더 기다려보시는 게 어떻겠습니까?"

"도와주시오. 작게는 그룹의, 크게는 나라의 흥망이 걸린 일입니다."

"하아! 정 그러시다면 아케론닷컴에 의뢰하십시오."

"아! 강 선생이 운영하고 있다는 그 홈페이지 말입니까?"

"그렇습니다. 상대가 재벌이라고 해서 절차를 무시하거나 생략하고 싶지는 않으니까요. 게시판에 의뢰를 하시면…… 의뢰 순서와 일의 경중(輕重)을 감안하여 처리해 드리겠습니다."

절대 홈페이지의 일일 방문자 숫자를 늘리기 위해서 하는 말은 아니다. 물론 전혀 그런 목적이 없는 것은 아니지만.

"허허, 대성그룹의 회장이 직접 만나서 부탁을 해도 안 된다는 말이지요? 과연 강 선생이십니다. 임 박사의 말을 듣고 설마 했는데…… 졌습니다. 그렇게 하지요."

임천수 회장이 아쉽다는 눈빛으로 강유진을 바라보았다.

동생인 임경수 부회장에게 '강유진이 의뢰비로 고작 57만 원을 청구했다'는 말을 들었을 때 조금 불안하기는 했다. 임경수 부회장과 산출했던 비용은 최소 10억이기 때문이다. 57만 원은 그를 기다리는 동안 마셨던 1979년산 샤토 팔메(Chateau Palmer)의 반값도 안 되는 돈이었다.

자본주의 사회에서 돈으로 안 되면 더 이상 다른 방법이 없다. 인간적으로 상대가 선처(善處)해 주기를 기다릴 밖에는.

대한민국 경제 대통령 소리를 듣는 입장에서, 자존심이 상하다 못해 위액이 역류하는 듯한 쓰라림 속에서도, 문득 상대가 존경스러워 보인다. 돈 몇 푼 때문에 살인이 일어나고, 천륜까지 어기는 일이 비일비재(非一非再)한 세상이 아니던가!

'이 남자 진짜 물건이다.'

임천수 회장의 숨이 가빠졌다.

불현듯 이극렬 경위가 목격했다는 장면이 '착각이 아닐 수도 있겠다' 는 생각이 든다.

요양 중인 조카는 강유진에 대해 별 말 하지 않았지만, 그의 이름만 나와도 꿈꾸는 듯한 표정을 짓곤 했다.

강유진이 보통 인물이었다면 있을 수 없는 현상이다.

…….

강유진은 이글거리는 임천수 회장의 시선을 슬그머니 외면했다.

아무래도 대성그룹 회장의 대우를 해주지 않는다고 화가 난 모양이다. 그래도 어쩔 수 없다. 아케론닷컴은 대성그룹이 아니라 모든 사람을 위해 만든 것이니까. 만약 자신이 대성그룹 등과 같은 어떤 특정한 집단을 위해 일하게 된다면, 카론의 뜻을 위배하는 것이 되고 만다.

단지 카론의 부탁 때문만은 아니다. 솔직히 자신도 그러고 싶지 않았다. 현실과 타협하느라 어쩔 수 없이 버렸던 꿈을 이제는 되찾고 싶었다.

누가 뭐래도 다시 살게 된 인생만큼은 좌우에 치우침 없이 자신의 신념대로 갈 길을 갈 것이다.

'마지막에 후회나 미련을 남길 어리석은 삶 따위는 개에게나 줘버려!'

중얼거리던 강유진은 벽에 걸린 시계를 힐끔 바라보았다.

시계 바늘은 어느새 8시 50분을 가리키고 있었다. 합기도장에 9시까지 도착하려면 지금 일어나야 했다.

"그렇게 알고 먼저 자리에서 일어나겠습니다."

"그러십시다. 나도 마침 사장단 회의에 가서 한마디 해줄 생각입니다. 오늘 강 선생이 엔터프라이즈 호텔에서 당한 일은 우리 대성그룹에도 큰 교훈이 될 테니까요."

"네, 최고급 호텔에 갈 때는 좋은 차를 가지고 가라고 꼭 말해주십쇼."

"푸허헛! 강 선생, 정말 대단하십니다. 강 선생과 있으면 뭔가 속이 후련해집니다. 개인적으로 좀 자주 만났으면 좋겠는데…… 자주 연락을 해도 괜찮겠습니까?"

"이런 요란한 데가 아니라 편한 자리라면 언제라도 좋습니다. 사실 퇴근하면 딱히 할 일도 없거든요."

"허허, 알겠습니다. 나중에 다른 말 하지 맙시다."
"다른 말을 하면 제가 회장님의 아들입니다."
"허허, 약속은 꼭 지켜주시오. 뒤늦게 장성한 아들이 나타났다고 하면 마누라 등쌀에 오래 못 삽니다."
"하하하!"
강유진은 임천수 회장의 넉살에 그만 큰 소리로 웃고 말았다.
그룹의 사원으로 있을 때는 인간으로 보이지도 않던 임천수 회장인데, 그에게 이렇게 인간다운 모습이 있을 줄이야!
임천수 회장과 강유진이 특별실을 나가자 기다리고 있던 임경수 부회장이 따라붙었다.
"회장님, 좋은 일이라도 있습니까?"
"강 선생 같은 이와 만났으니 당연하지 않느냐?"
"그나저나 호텔 건은 제게 맡겨두십시오."
"너무 쪼지 마. 알고 보면 신 회장도 마음 약한 사람이야. 알면서 그래."
"회장님, 신 회장의 별명이 흡혈박쥐라는 걸 알고도 그러십니까?"
임천수 회장이 강유진을 돌아보며 말했다.
"이렇게 혈기가 왕성해서 내가 내보낸 거라오. 어째 오십 대 중반의 노인네가 이제 삼십 대인 강 선생보다 마음이 좁아. 쯧!"
"회장님, 마음이 아니라…… 사업하는 사람의 마음가짐의 문제입니다. 이번 기회에 확실하게 버릇을 들여놔야 합니다."

"쯧, 정 그렇다면 올해까지만이다. 그 일을 내년까지 끌고 가면 안 된다. 그만한 일에 그룹의 행사와 전경련 모임까지 걸다니…… 과유불급(過猶不及)이야."

"올해라고 해봐야 겨우 두 달 남았는데……."

"두 달이라고 해도 호텔의 손해는 십억이 넘을 게다. 우리 그룹의 눈치를 보느라 발길 끊을 사람들도 적지 않을 테니……."

"휴! 알겠습니다. 올해만 거래를 끊겠습니다."

"쯧쯧! 아우는 비서실장 오래하더니 너무 잔정이 없어졌어."

"회장님, 손님도 있는데 강단 있게 발전했다고 칭찬해 주시면 안 됩니까?"

"그래, 강단이 지나치게 발전했어. 나이도 있는데 너무 팍팍하게 인생을 살지 말자고. 부회장이면 그룹의 대표야. 비서실장의 말에 비할 바가 아니지. 윗사람이 경직되어 있으면 아랫사람은 얼어 죽는다고. 그렇지 않습니까, 강 선생?"

"하하, 전적으로 맞는 말씀입니다. 저 같은 아랫사람이야 아무 때나 욱하고 성질내도 되지만…… 윗분들은 대해(大海)처럼 쉽게 요동하지 말아야죠. 안 그러면 아랫사람들이 버텨나질 못합니다."

임경수 부회장이 한숨을 내쉬며 중얼거렸다.

"허어! 호텔에서 강 선생이 화를 내기에 장단 좀 맞춰 준 것뿐인데…… 그걸 가지고 사람 하나를 냉혈한으로 만들다니……."

"아우가 장단을 좀 심하게 맞췄어."

"제 말이 그 말입니다."

"헐! 그런데 두 사람은 장단이 잘 맞는 것 같습니다그려."

"……."

임천수 회장과 강유진이 동시에 어깨를 으쓱해 보였다.

두 사람 모두 '나이를 초월해 뭔가 통하는 게 있다'고 느끼는 중이었다.

그런데 다른 사람의 눈에도 그렇게 보였던 모양이다.

*　　*　　*

강유진이 허겁지겁 합기도장으로 뛰어들어갔다. 9시를 조금 넘긴 시간이었다. 매트 한가운데 낯익은 고교생 둘과 아가씨 하나가 보였다.

박필용 관장이 손을 흔들며 소리쳤다.

"강유진 씨! 성인반에 이쁜 아가씨가 새로 왔다니까 달려오네! 어제 강유진 씨가 보낸 문자를 여기 있는 사람들에게 다 보여줬어요!"

최지우와 이지현이 큰 소리로 웃었다.

새로 왔다는 아가씨도 작게 웃는 것 같았다.

강유진은 분위기가 왜 이런가 싶어서 소리를 빽 내질렀다.

“관장님! 관장님이 먼저 이상한 문자 보냈잖아요! 저는 그냥 답 문자를 보낸 것뿐이라고요!”

“뭐가 이상한 문자예요? 성인반에 이쁜 아가씨가 새로 왔다고 밖에 안 했는데.”

“아, 나! 문자의 뉘앙스가 정말 이상했다고요. 꼭 와라, 안 오면 안 된다, 그런 것 같아서 죽어도 가겠다고 보낸 건데…….”

“알았어요. 어쨌든 잘 왔어요. 이제 두 명씩 대련도 할 수 있겠네요. 어서 옷이나 갈아입어요.”

“네, 네, 가고 있습니다.”

강유진은 재빨리 탈의실로 가서 옷을 벗었다.

쉬지 않고 뛰어오느라 몸에서 땀 냄새가 났다.

아가씨가 새로 왔다니 조금 신경이 쓰인다. 하지만 도복을 입으면서 다시 마음이 편해졌다. 도복에서 나는 냄새가 더 심했던 것이다.

도복을 입고 나가자마자 박 관장이 ‘강유진 씨 차례’라며 오라고 손짓한다.

강유진은 박 관장에게 잡히자마자 아프다고 비명을 질러댔다.

이미 적응이 된 남녀 고교생들은 웃느라고 난리가 났다. 하지만 엄살이라고 생각 못 한 신입 회원은 놀라서 숨도 제대로 쉬지 못하는 것 같았다.

신입 관원은 수줍음을 많이 타서 운동하는 내내 말도 거의 하지 않았다.

강유진과 무수한 스킨십이 있었음에도 -옷깃을 잡고, 손목을 잡고, 던지고, 꺾고 했다- 묵묵히 호신술을 배우는 데 열중했다.

그래서 강유진이 운동을 마치고 원룸텔에 왔을 때는 아가씨의 이름도 기억하지 못할 정도였다.

샤워 후에 방에서 머리를 말리던 강유진은 '아!' 하는 탄성과 함께 자신의 머리를 후려쳤다. 갑작스러운 이운학 관장의 심부름과 임천수 회장과의 만남에 정신이 팔려서 김정숙 씨에게 전화한다는 걸 까맣게 잊어버리고 있었던 것이다.

"이래서…… 접수 순서와 사안의 경중이 중요하다니까……."

강유진은 아케론닷컴의 운영 방침에 대한 각오를 새롭게 다졌다.

잠시 후 컴퓨터를 켜던 강유진의 눈이 화등잔만 하게 커졌다. 방문자의 숫자가 자그마치 15나 됐다. 하루 만에 무려 세 배가 늘어난 것이다.

더 놀라운 것은 한꺼번에 네 명이 회원가입을 했다는 점이다.

새로운 가입자들은 이름 대신 호칭으로 등록된 상태였다.

"로보캅, 나쁜남자, 산골소년, 하이디?"

강유진은 갑작스러운 가입자들의 정체가 궁금했지만 당장 알 수 있는 것은 가입 시에 적게 되어 있는 '하고 싶은 말' 정도였다.

'그거라도 확인해 볼까?'

한참 동안 마우스를 이리저리 흔들던 강유진은 결국 회원 정보를 누르고 말았다.

로보캅은 하고 싶은 말에 '감사합니다. 덕분에 일계급 특진합니다' 라고 비교적 장문의 글을 남겼다.

그에 반해 나쁜남자는 '냉혈한입니다', 산골소년은 '아들 되지 맙시다', 하이디는 '유구무언' 이라고 간단히 적었다.

피식 웃던 강유진은 임지연을 포함한 다섯 명의 회원에게 전체 메일을 발송했다.

[아케론.com에 가입해 주신 회원 여러분들께 진심으로 감사를 드립니다. 아케론.com은 어머니와 연인과 세상을 구하기 위해 애썼던 카론을 기념하기 위해서 만든 홈페이지입니다. 그리고 저는 카론의 숭고한 뜻을 이어받아 아케론.com의 운영자가 된 제2대 카론입니다. 지켜봐 주십시오.]

*　　*　　*

뉴욕 록펠러 센터의 GE플라자 최고층에 자리한 회의실. 자정이 되자 그곳에 일단의 사람들이 모여들었다. 모두 11명. 성별과 인종은 달랐지만 입은 옷으로 보아 재력가라거나, 외형상 비범해 보인다는 특징을 가지고 있다.

그중에서도 압권은 하얗게 빛나는 옷을 입은 노인이다.

노인이 무리의 수장인 듯, 사람들은 노인을 향해 공손한 태도를 보이고 있었다.

그 노인이 회색의 사내를 향해 말했다.

"그레이 사도, 그대로 인해 우리가 입은 피해는 5억 달러가 넘는다."

"용서해 주십시오."

"돈보다도 우리가 한 여자에게 농락당했다는 것을 참을 수가 없다."

"……"

"사도의 존엄함은 인류에 비할 바가 아니다. 그것은 그레이 사도가 더 잘 알고 있지 않은가?"

"입이 열 개라도 할 말이 없습니다."

"마지막 지원자의 시험은 실패로 끝이 났다. 그런데도 그를 제거하지 않은 것은, 아직 그대에게 인간의 감정이 남아서인가?"

"아닙니다."

"그렇다면?"

"그에게 무한한 가능성이 있기 때문입니다."

“가능성이 없는 인간은 없었다. 실패한 인간은 많았지만.”

“마지막 기회를 주십시오. 이번에도 실패한다면 제 손으로 확실하게 매듭짓겠습니다.”

“우리는 공헌도에 따라 사도의 시험을 허락해 왔다. 지금 그의 공헌도는 다른 후보자들에 비해 현격하게 떨어지지……. 그런데도 다시 기회를 달라고 간청하는 것인가?”

“후보자는 많아도 사도는 결국 한 사람이 될 것이기 때문입니다.”

노인의 눈에서 광채가 번득였다.

사도가 되고자 하는 사람은 많아도 사도가 된 사람은 드물다. 마지막으로 남은 사도의 자리는 단 하나. 그를 제외한 다른 후보자들이 그 자리에 도전한다고 해도 성공할지 실패할지는 미지수다.

한 자리에 수많은 후보자가 매달리고 있는 것도 바로 그런 이유에서다.

안착에 성공하면 사도가 되고, 실패하면 후보자는 죽는다. 그런 의미에서 후보자의 숫자나 공헌도는 사실 별 의미가 없을지도 모른다. 누가 사도가 되고, 누가 죽을지 알 수 없으니까. 그래도 먼저 도전할 자격을 얻기 위해 애쓰는 것은 안착에 성공할 때를 대비해서다. 마지막 자리가 차면 더 이상 사도는 없게 되니까 말이다.

"그레이 사도. 그대의 공헌도를 인정해 장 테스카틀에게 마지막 기회를 허락하겠다. FPS 2010은 우리의 사업에 매우 중요하다. 차세대 동력원(Source of motive power)이 전기라는 것을 알고 있지 않은가? 플라즈마 기술의 주인은 우리 사도들이다. 우리가 플라즈마 기술을 획득하지 못한다면…… 누구도 그 기술을 사용할 수 없어야 한다."

"감사합니다."

그레이 사도, 그림자 사내가 머리를 숙였다.

바닥을 향한 그림자 사내의 입술 위치에 희미하게 금이 갔다. 슬픔과 기쁨을 알 수 없는 표정이 떠올랐다가 이내 사라졌다.

〈3권에서 계속〉

魔龍傳
마룡전
김강현 신무협 장편소설
ORIENTAL FANTASYSTORY & ADVENTURE
『투신』, 『마신』, 『천신』의 작가!
김강현의 신무협 장편소설
고독(蠱毒)에 조종당해 지옥에 내던져진 마룡단.
잔혹한 음모와 혈투 속에서도 그는 살아남았다!
잊혀진 마룡단의 생존자 강하진이 돌아왔다.
음모의 배후를 처부수고 복수를 이루리라!
dream books
드림북스

천극의 서
天極之書
권인호 신무협 장편소설
ORIENTAL FANTASYSTORY & ADVENTURE
2010년 무협계가 주목한 작가
권인호 신무협 장편소설
일류가 삼류에게 패하는 강호 초유의 사태.
모든 것은 한 소년이 쓴 무공서에서 시작됐다!
재미 삼아 쓴 23권의 얼치기 무공서.
세상에 나타나자마자 천하 무림에 파란을 일으키다!
dream book
드림북

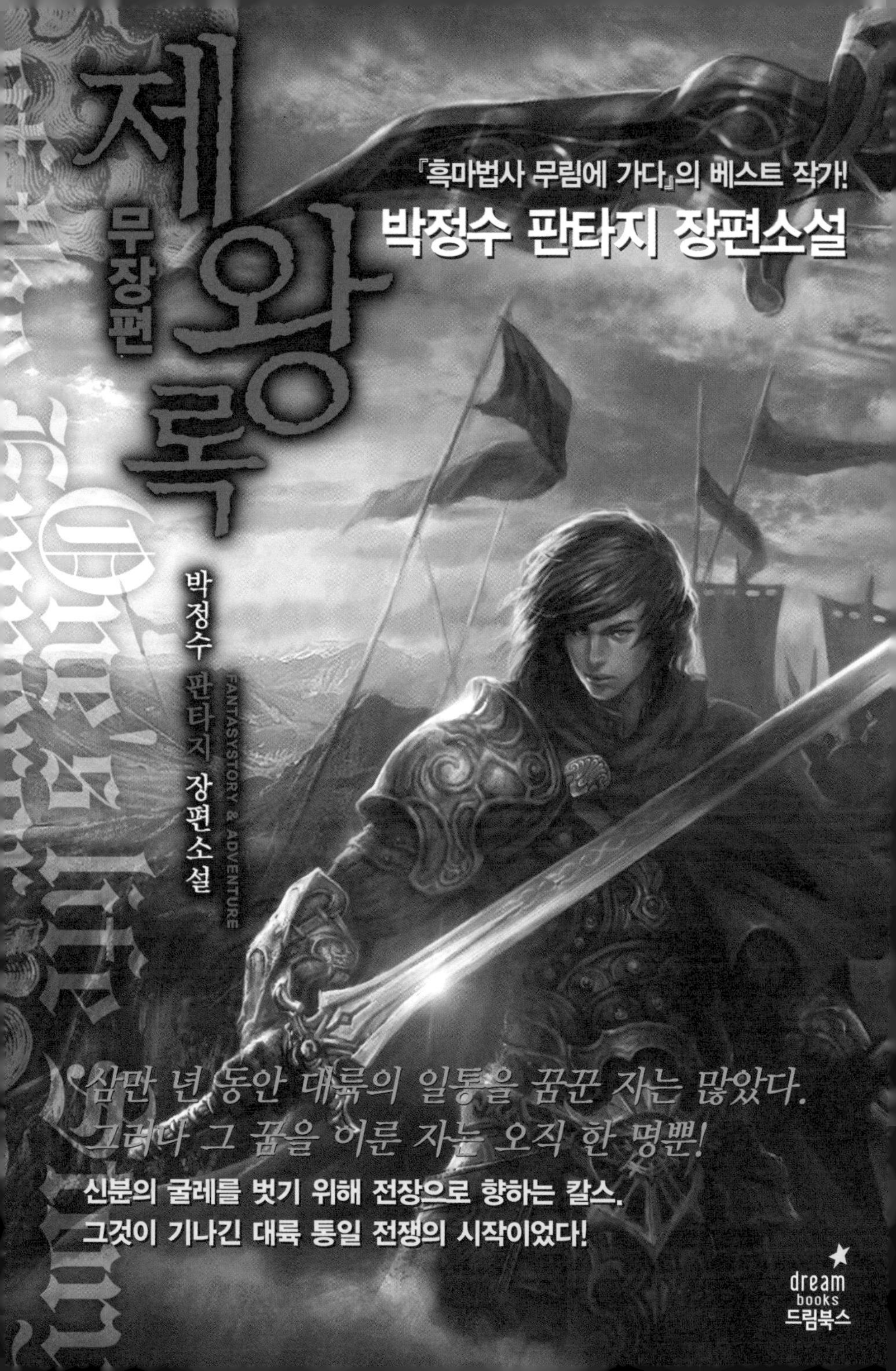

제왕록
무장편
박정수 판타지 장편소설
FANTASYSTORY & ADVENTURE
『흑마법사 무림에 가다』의 베스트 작가!
박정수 판타지 장편소설
삼만 년 동안 대륙의 일통을 꿈꾼 자는 많았다.
그러나 그 꿈을 이룬 자는 오직 한 명뿐!
신분의 굴레를 벗기 위해 전장으로 향하는 칼스.
그것이 기나긴 대륙 통일 전쟁의 시작이었다!
dream books
드림북스

천풍전설
장담 신무협 장편소설
ORIENTAL FANTASYSTORY & ADVENTURE
『쌍룡기』, 『암천제』에 이은 장담의 강호이야기
하늘의 바람이 머무는 그곳, 『천풍전설』!
사형의 죽음, 비밀임무, 구룡회의 몰살.
피의 각축장으로 변한 강호에 천풍이 불어온다!